眉の清《ちゅ》らさぞ神の島

上野英信の沖縄

三木健
miki takeshi

一葉社

序　渡波屋から世界へ

筑豊の記録作家・上野英信《うえのひでのぶ》が沖縄の近代民衆の生きざまを描いた『眉屋私記《まゆやしき》』は、眉屋一族の生誕地・名護《なご》市屋部村《やぶそん》の海岸に屹立する渡波屋《とわや》の描写からはじまる。題して「嘉例吉の渡波屋」。嘉例吉とは「かりゆし」と読んでめでたいことや、幸せを意味する沖縄語である。「渡波屋は双頭の岩座である」という書き出しで、その形状をはじめ、岩座《いわくら》にまつられた拝所《うがんじゅ》や、同地に因む歌碑、ハワイ移民の寄贈による保育園や岩座の修復の記念碑、村人の戦死者氏名を刻んだ慰霊碑に至るまで、実に細かに紹介されている。そして岩座の頂で、村を後に出稼ぎに旅立つ子らを、親たちが松の枯葉を焚いて「ここを見よ、ここが親だよ」と見送る場所であることを書き記している。

一見してさりげなく書かれた渡波屋に刻まれたこれらの記憶は、屋部村の人々がたどって来た苦難の歴史が、凝縮されているのだ。上野が村人の歴史をこの渡波屋から始めたのも、そのためである。

「いつごろから渡波屋と呼ばれるようになったのか、あきらかではない。しかし、その頂に登ってあたりを展望すると、みごとにその体をあらわした名であることがうなずかれる。それというのも、ここに立つかぎり誰しも、さながら彼自身が綾船《あやぶね》のへさきに立ち、いままさに大海原にのりだそうとしているような、心のときめきを覚えるからである」と。

「いままさに大海原にのりだそうとしているような、心のときめきを覚える」というくだりに、『眉屋私記』執筆の決意のほどがにじみ出ている。上野を案内してはじめてこの渡波屋を訪れた時、頂から飽かず大海原を眺めていた上野の後ろ姿が、今も忘れられない。村人にとって、ここは村と外界との接点であり、出発点であった。上野にとっても渡波屋は、眉屋物語のまさに出発地にふさわしいところであったのだ。

上野が渡波屋を「みごとにその体をあらわした名」というように、以前は東屋部川と西屋部川の合流する地点にあり、満潮になれば潮が岩座を取り巻き、文字通り波間を渡っていったという。今は岩座の周辺が埋め立てられ、公園になっている。同地の海を臨む一角に、『眉屋私記』の文学記念碑が屋部区の有志を中心に建立される予定である。時あたかも上野没後三三回忌《ウワイスーコー》に当たる。

1950年代の渡波屋全景

文学碑建立については、上野亡きあと早い頃から村人の間で話が出ていたが、関係者が物故され、日の目を見ないままになっていた。それが三三回忌を機に再び話が持ち上がり、果たせなかった思いを継いで実現にこぎつけた。三三年といえば一つの世代が入れ替わり、上野英信の名前さえ知らぬ人も多い。それでも地下水脈のように読み継がれた『眉屋私記』が、再び地表にその姿を見せたのである。それも渡波屋に。同地をあとに世界へとびだした眉屋一族のように、ふたたび渡波屋へと回帰した。

沖縄は全国でも名だたる移民県である。とりわけ名護市は世界各地へと羽ばたく移民の里である。かつて貧困を背負って世界にとびだした移民たちは、貧困や差別と闘いながら、移住地で足を踏ん張り、今日の地歩を固めた。その数は四三万人ともいわれ、それぞれの国や地域で活躍している。その世代も四世、五世の時代となり、いまや一大勢力である。それは一世たちの血のにじむような苦労の上に開花したものである。『眉屋私記』も時代がたてばたつほどそうした一世たちの歩みを、私たちに教えてくれるものとなろう。その意味で同書は民衆史としての移民史であり、辻《つじ》売りされた姉妹たちの物語は、民衆史としての女性史としても読み継がれていこう。またそう願っている。

沖縄はいま、大きな不条理の下で生きている。多くの犠牲を払った沖縄戦が終わっても、沖縄島の二〇パーセントもの土地が、巨大な米軍基地に占有されている。これは全在日米軍基地の実に七〇パーセントに当たる。あろうことか名護市辺野古《へのこ》の新基地建設に見られるように、軍事基地がさらに広げられようとしている。戦後七五年が経とうというのに。度重なる国政や県政選挙、県民投票で「ノー」の民意が示されても、無視されてきた。これほどの不条理があるだろうか。

その一方で、沖縄を取り巻く国際情勢は大きく変わり、那覇や本部港《もとぶこう》、さらに宮古島や石垣島にも大型観光クルーズ船が毎日のように出入りし、言うところのアジアのダイナミズムが身近に感じられるようになった。不条理を打開し、沖縄社会のさらなる展開を図るには、海外に生活する四三万の世界のウチナーンチュとの連携が求められている。それなくして沖縄の未来への扉を開くことはできない。そのためにはその結節点となる活動の拠点形成が不可欠である。

私はいま、その拠点形成の設置運動を始めている。それは「世界ウチナーンチュセンター」の構築である。このセンターには海外移民の情報や、沖縄のルーツに関する情報がデータ化される。海を越えてアクセスされる。日本語がわかる世代が少なくなり、廃棄処分されつつある移民史料なども保管される。海外で物故された人たち全体の慰霊碑も構内に設置され、「お通し」で拝めるようにする。移住先の物産や料理も食べられるカフェもあり、週末にはラテン音楽などのコンサートも聴ける。もちろん県内の関係団体の会議や交流もできる。

そもそも海外には県人会館など立派なセンターがあるのに、肝心の沖縄にそれがないのがおかしい。だから私たちはこのセンターを「ムートゥヤー」（本家）と位置づけているが、精神的な意味でいえば、沖縄全体の渡波屋と言ってもよい。

私はこの十数年来、ニューカレドニアの沖縄系移民の子孫の方々と交流している。二〇世紀の初頭にニッケル鉱山採掘の労働者として渡航したもので、四次にわたり八二〇人が渡航している。山入端萬栄《やまのはまんえい》たちのメキシコの炭坑移民と、根っこは同じである。現に萬栄の叔父の萬長も渡航している。ただ理由はよくわからないが、送り返されている。

この島は戦後この方、半世紀余にわたり沖縄との交流が途絶えていた。しかし、交流の道が開かれると、次々とルーツ探しが始まった。その熱い思いは同地の北部州のポワンディミエに「メゾン・ド・オキナワ」（沖縄の家）という沖縄の名前を冠した集会所の建設につながった。五年に一度、沖縄で開催される「世界のウチナーンチュ大会」にも数回参加している。この人たちが望むのも、沖縄を訪れたとき落ち着ける場所である。渡波屋に建つ『眉屋私記』

の文学記念碑が、さらにセンター設立の後押しとなることを願ってやまない。そして本書が『眉屋私記』の入門書として、活用されることをのぞむものである。

二〇二〇年三月吉日

三木　健

1953 年当時の屋部村全景——潮水岸のほぼ中央に渡波屋が見える

写真提供者（下の数字は掲載ページ）
名護市屋部区　表紙、5、10〜11、141
上野　朱　23、27、31、37、41
大石芳野　カバー（背景）、55、57
山入端家　73、74、103、152
島袋捷子　101
比嘉　久　149、150
三木　健　前記以外

装丁／松谷　剛

眉の清《ちゅ》らさぞ神の島
――上野英信の沖縄

目次

上野英信著『眉屋私記』（潮出版社）函表

上野英信と沖縄

上野英信、といえば誰しもが筑豊炭鉱の記録作家としてのイメージを持つことだろう。一九五〇年代の後半から六〇年代にかけて「エネルギー革命」といわれた石炭から石油への転換の中で、炭鉱は相次いで閉鉱し、陥没期を迎えた。炭鉱労働者は切り捨てられ、日本の資本主義はこれら労働者の犠牲の上に高度経済成長路線へと向かう。地底の労働者たちは仕事を奪われ、住居を追われ、売るものもなく、なかには自らの血液を売って食いつないでいく。上野は小ヤマに生きるこれら坑夫の姿を克明に記録し、その沈黙の叫びを世に突き付けたのである。『追われゆく坑夫たち』（岩波新書、一九六〇年）をはじめとする一連の著作は、泰平をむさぼる人々の心をゆさぶった。徹底した記録は、日本のルポルタージュ文学の魁《さきがけ》ともなった。

その上野に唯一、沖縄をテーマとした作品がある。一九八四年に刊行された『眉屋私記』（潮出版社、一九八四年。復刊・海鳥社、二〇一四年）である。ちょっと変わった書名だが、同作品は沖縄の近代史の中に初めて民衆を登場させたとして評価された。あれほど筑豊を中心とする炭鉱労働者の執筆にこだわり続けた上野が、なぜこれを書くことになったのか。それは炭鉱の世界とどうつながっていたのか。作品誕生にかかわった者の一人として、そのことを考えてみたい。

『眉屋私記』は、二〇世紀初頭に沖縄本島北部の屋部村という小さな村の山入端一族のことを書いたもので、タイトルの「眉屋」はその一族の屋号である。明治の末に貧しい村を後に三人の男兄弟は出稼ぎや海外移民に出、三人の姉妹は那覇の辻遊廓に身売りされる。長兄の萬栄は、一九〇七年にメキシコの炭鉱移民として出郷、後にメキシコ革命に遭遇してキューバへ渡る。末妹のツルは、辻遊廓に売られた姉二人に引き取られ、三線《さんしん》の芸事を仕込まれた後に、転々と放浪の旅を続ける。

作品は萬栄とツルの二人が織りなす波乱の生涯を丹念に追っていく。近代沖縄が抱えていた貧困を、移民と辻売りを軸に、たくましく生きる民衆の姿を生き生きと描き出す。沖縄近代史に「初めて民衆が登場した」といわれたゆえんである。

上野はこの作品を書くため、一九七七年から五年間、沖縄に足繁く通い、当時、那覇で健在だったツルから昔のことを繭から糸を引き出すように克明に紡いでいる。また、兄の萬栄の足取りを追って、メキシコにも飛んでいる。

すでに明らかなように、メキシコ移民の萬栄は、炭鉱労働者として渡ったのである。一九〇七（明治四〇）年のことで、沖縄から二五〇人が渡航している。この時期、沖縄から大量の移民がハワイ、南米、ニューカレドニアなどに渡っている。鉱山労働では一九〇五年のニューカレドニアのニッケル鉱山と、メキシコの炭鉱があった。

上野は、『眉屋私記』取材の前、一九七四年に炭鉱離職者の後を南米各地に訪ね、『出ニッポン記』（潮出版社、一九七七年）を出したばかりであった。特にボリビアは大量の日本人炭鉱離職者が送り込まれたサンファン入植地があり、それからほど遠からぬところに、沖縄の入植地コロニア・オキナワがある。一九五〇年代に沖縄のアメリカ軍が軍事基地建設のため「銃剣とブルドーザー」で農地を奪い、その農民を送り込んだ入植地である。上野はそこで「沖縄」と遭遇することになる。

そのことは同書の中の「落ち穂移民」や「自然動物園を逃れて」で紹介されている。その中で上野は、沖縄の新作民謡「艦砲ぬ喰ぇーぬくさー」が戦後の沖縄人を米軍の艦砲射撃の食い残しと自嘲的に揶揄しているのを紹介し、炭鉱離職者を「石炭ぬ喰ぇーぬくさー」となぞらえた。そのうえで「それこそは二十世紀後半の日本移民史を血に染めるもっとも象徴的な二つの大集団といわねばなるまい」との認識を示している。

しかし上野はこの時まで、二〇世紀初めに沖縄から五〇〇人余（全国から一万三五〇〇人余）の炭鉱移民がメキシコに渡っていることを把握していなかった。それだけに私が偶然見つけて送った山入端萬栄の『わが移民記』（志良堂清英《しらどうせいえい》編、琉球新報印刷課、一九六〇年）を手にしたときは、驚きであったようだ。そのことは『眉屋私記』の「あとがき」でも率直に語られているが、そこには何か運命的なものを感じさせるものがある。いうなれば筑豊と沖縄が地底の坑道で結びついていたのである。上野自身も『眉屋私記』と『出ニッポン記』を姉妹編と位置付けている。

そもそも私が上野と知り合うことになったのも、一九七六年に書いた拙著『西表《いりおもて》炭坑概史』（自費出版）がきっかけであるが、上野はすでに一九六八年に同炭鉱で働いていた元坑夫を筑豊に帰郷させる運動をし、二年後に実現している。やはり一本のレールで繋がっており、いずれ沖縄の作品に手をそめる運命的なものがあったのである。

人を愛し、話を好み、酒をよく嗜んだ上野は、沖縄での取材中に多くの友人・知人を得、いつしか交流の輪ができた。死後一周忌に刊行された『上野英信と沖縄』（追悼文集刊行会編、ニライ社、一九八八年）は、そのことを示している。それを読むにつけても、上野と沖縄を結び付けた必然性を思うのである。

（二〇一七年）

通底する筑豊と沖縄

地底に生きる坑夫たちの世界を描いた上野の文学的土壌は、言うまでもなく、日本の火床・筑豊である。上野文学は筑豊の炭鉱に生まれ、ボタ山で育った、と言っても過言ではあるまい。ボタ山の山裾に据えられた上野文学の銃座は、いつも近代日本の山頂に照準が合わされ、倦むことなく撃ち続けられた。

その厳しくも孤高の闘いは、ややもすれば闘いを放擲せんとする私たちに、無言の励みともなってきた。「筑豊に上野英信が頑張っている限り、われわれも頑張らなければならない」と書いたのは民衆史の提唱者・色川大吉《いろかわだいきち》だが、その思いは、ひとり色川ばかりではあるまい。

さて、上野文学の土壌が第一に筑豊にあることは自明のことだが、もう一つの柱として、沖縄をあげたいと思う。日本の近代化の過程で疎外され続けてきた沖縄は、その本質において筑豊に通底するものがある。上野文学における筑豊と沖縄との関係も、地下鉱脈を一つにするものである。
上野と沖縄の関わりを顧みるとき、いくつかのモーメントが思い浮かぶ。一つは西表炭坑との関わりであり、二つは追われゆく坑夫たちの行く先を訪ねた南米の地での沖縄移民との出会いである。そして三つ目は、明治三〇年代に沖縄からメキシコに炭坑移民として渡っていった山入端萬栄の発見と、その妹ツルとの出会いである。

西表炭坑について上野自身はあまり書いてはいないが、関わりは既に一九六〇年代に始まる。それは身寄りのない西表炭坑の元坑夫を、浄財を募って故郷の筑豊に呼び寄せるという実践的なものであったが、関心はその後も注がれ、一九六〇年代末には『西表島の概況』という一九三六年に西表マラリア防遏《ぼうあつ》班が出した冊子を、筑豊文庫からガリ版刷りで復刻出版することにも現れている。同書には「西表炭鑛沿革史」の一章が入っている。

その後、上野が編集して一九七一年に刊行された『近代民衆の記録』巻二・坑夫（新人物往来社）に「西表炭坑夫の健康調査」（沖縄県警察部保健課、一九三九年）を収録、その「解題」で西表炭坑に触れている。

二つ目の沖縄移民との出会いについては、一九七七年に刊行された『出ニッポン記』（潮出版社）のなかで「落穂移民」として取り上げられている。閉山で追われゆく坑夫たちの行く

元西表炭坑夫の村田満（左端）を筑豊に里帰りさせ筑豊文庫でくつろぐ
右から上野英信、晴子夫人、息子の朱（1970 年 5 月）

先々を訪ね、南米まで渡って各地で出会ったのは、戦前から戦後にかけて滔々と流れ続けて根を張った沖縄からの移住者たちであった。それは上野にとって、二度目の〝沖縄発見〟とでもいうべきものであったに違いない。

第三の山入端一族（眉屋）との出会いこそは、上野と沖縄との関わりを決定づけたものである。明治四〇年代に沖縄の寒村からメキシコに炭坑移民として渡った山入端萬栄と、その一族を描いた『眉屋私記』（潮出版社、一九八四年）は、近代沖縄民衆の歩みを綴った長大な叙事詩とでもいうべき記録文学である。

沖縄本島北部の屋部村（現名護市字屋部）から、萬栄はメキシコの炭坑へ、妹たちは那覇の花のしま・辻遊廓へと身売りされていく。

海を渡った萬栄は、メキシコ革命に巻き込まれ九死に一生を得て、キューバに難を逃れる。同地でドイツ領事館のドライバーとなり、やがてドイツ女性と結ばれる。一人娘のマリアが生まれるも、戦争で日本人捕虜として収容される。戦争が終わり、平穏が訪れる間もなく、またもやカストロのキューバ革命が起き、この年に同地で死亡。残された家族はアメリカに逃亡するなど、時代に翻弄されながら波乱の人生を送る。

一方、妹ツルは姉たちのいる辻遊廓に身を寄せ、芸事を仕込まれるが出奔して大阪で紡績工場の女工や、一膳めし屋をしながら、三線一丁で身を立て、たくましく生きていく。『眉屋私記』は萬栄の生きざまと、ツルの放浪生活を柱として綴られている。上野はその取材に五か年余の歳月をかけ、沖縄はもとより、メキシコ、東京、大阪、千葉、川崎へと足を運び、多くの関係者から取材をしている。

沖縄での逗留は時に半年近くに及ぶこともあった。メキシコ取材には、スペイン語のできる沖縄の青年を同伴したが、それは通訳ということもさることながら、何十年も故郷を離れ流離の日々をおくる沖縄の移民たちに、戦後育ちの青年を一目見せてあげたい、という配慮でもあった。

上野文学の多くがそうであるように、徹底した事実の探求と、ストイックなまでの事実選択、そして厳密な構成によって『眉屋私記』は書き上げられた。沖縄での取材の折、上野は「一メートルでもよい、想像の翼を羽ばたかせてみたいが、やはり事実の持つ重みにはかなわない」と言ったことがある。

メキシコ移民や西表炭坑に流れていった兄弟たち、片や辻遊廓に尾類《ジュリ》（遊女）売りされた姉妹たち。移民と辻売りという近代沖縄の本質にかかわる二つのモチーフによって、『眉屋私記』は近代沖縄のすぐれた民衆史を構築した。それは近代日本の貧困を背負って地底に下り、再び地底を追われて地球の裏側に流亡を余儀なくされた筑豊の民と本質において同じものであり、上野が沖縄と深く関わってきたとしても、それは当然の成り行きであったといえよう。

一九八四年三月三一日、『眉屋私記』の出版記念会が那覇で開かれたとき、上野は「私ごとき者に沖縄が書けないことは重々承知しているつもりである。しかし、もの書きの端くれとして沖縄を避けて通れないこともまた承知しているつもりである」と述べた。

沖縄の側から言わせてもらえば、上野のような優れた記録文学者の手によって沖縄民衆の歴史が書かれたことは、ヤマトとの不幸な歴史に彩られた沖縄にとって、一つの救いである。それも筑豊で生まれ育った上野文学なればこそ、と思うのである。

（一九八五年）

上野英信が遺したもの

燃え尽きて白い灰と化した遺骨の傍らで、なおも本の燃え残りが赤い炎を上げていた。普通なら二時間で終わるところを、本が入っているからと三十分延長したというのに、それでも本は炎を上げて燃え続けていた。

その熱気を感じながら見つめていた私は、ふと、ボタ山が胎内でなおも燃え続けているという光景を思い浮かべた。筑豊の地に生き、書き続けて逝った、いかにもこの人らしい往生であった。

上野英信逝く――。一九八七年一一月二一日、訃報を聞いて沖縄から馳せ参じた私を含む数人の者は、その変わり果てた姿に愕然とした。在りし日の厳しい顔は、仏のように穏やかになり、長身の体軀が小さく見えた。

柩の中は、上野が生涯をかけた数々の著書と、生前、かたときも手放すことのなかった両

1948年、日本炭鉱会社で坑夫をしていたころの上野英信（左端）

切りたばこの缶入りピースが添えられ、菊の花で覆われた。

秋日和の穏やかな陽ざしのなか、通いなれた筑豊平野の田園の小道を、遺体はゆっくりと火葬場へと向かった。カラスが別れを惜しむかのように群れをなしていた。

ここに至るまでの道のりのなんと厳しかったことか。それは壮絶な戦いであり、その死は戦死にふさわしい。敗戦の年に広島で被爆した上野は、早くもこの世の生き地獄を垣間見ている。敗戦で除隊した上野は、学生時代を京都大学で送っていたが、その平穏さに耐えられず、退学して筑豊炭鉱の坑夫となり、地底へとおりて行く。闇に光を求めたのである。

その筑豊とはどういうところであったのか。上野は書いている。


福岡県の北部を縦走して玄界灘にそそぐ遠賀川の流域一帯、七市四郡にわたる筑豊炭田は、ほぼ一世紀にちかい年月にわたって全国総出炭量のおよそ半分におよぶ量の石炭を産出しつづけ、日本最大の火床として繁栄をほこってきた。わが国の資本主義化と軍国主義化をおしすすめる重工業の歯車が、この黒い熱エネルギーによって廻転した。三井・三菱をはじめ大小もろもろの財閥がこの地底から富をすいあげて今日の基礎をきずきあげた。筑豊――それはまことに近代日本の「地下王国」であった。

（『追われゆく坑夫たち』「まえがき」岩波新書、一九六〇年）

その「地下王国」を支えてきたのは、「土地を追われ、職をうばわれ、地上で生きる権利と希望のいっさいをはぎとられた農漁民、労働者、部落民、囚人、朝鮮人、俘虜、海外からの引揚者や復員兵士、やけだされた戦災市民」たちであったという。上野は「日本の資本主義化と軍国主義化のいけにえとなった民衆の、飢餓と絶望であった」と書いている。

だが、筑豊の山々にやがてエネルギー革命と言われた一九五〇年代末の閉山の嵐が吹き荒れ、次々と火床がつぶされ、坑夫たちは、ヤマを追われてゆく。その坑夫たちの惨憺たる生きざまを描いた『追われゆく坑夫たち』や『日本陥没期』（未來社、一九六一年）は、高度経済成長に向かわんとしていた日本社会のどてっ腹に、鋭いメスを突き付けた。

……地上から追いはらわれた者たちの飢餓と絶望によってひらかれた筑豊は、ふたたび地底から追いはらわれてゆく者たちの飢餓と絶望によってとじられようとしている。日本資本主義の火の床は、日に日に数をます失業者たちの冷えきった死の床と化しつつある。

（『追われゆく坑夫たち』）

かつて坑夫として炭鉱で働いた自らの体験を重ねながら、廃坑に追い込まれてゆく筑豊の小ヤマを訪ね歩いて現実を突き出してゆく。これらの一連の上野の仕事について鎌田慧は、「この国の原点ともいえる地底の闇から、もっとも弱い、しかし、もっとも気高い人間たちの魂を伝えた歌だったからこそ、いまなお、消費文明に汚染された社会に深く突き刺さっているのである」（岩波同時代ライブラリー版『追われゆく坑夫たち』解説、一九九四年）と書いている。まさに地底の民に寄りそい、体を張って書いた記録文学であった。

さらに筑豊の片ほとりの小ヤマのあった炭住長屋を買い取り、そこに炭鉱資料館と坑夫たちの自立支援を目指して「筑豊文庫」を開設。爾来、筑豊の現状を訴え、日本を問い続けて二十余年。同地を訪れた人のどれほど多くがこの文庫を訪ね、感化を受けたことか。

上野によって打ち立てられた民衆の記録文学はもとより、生きざまそのものが、一つの文学として、人々に感動を与えずにはおかなかった。

妥協を許さぬ記録文学への執念は、坑夫たちの追われゆく先々を訪ねて、ついに南米大陸へと渡らしめる。炭鉱を追われた移住者たちを訪ね歩くうちに、数多くの沖縄移民たちとも遭遇する。巡り合った沖縄移民たちの世界は、かつて筑豊の炭鉱労働者の社会に息づいてい

1964 年、筑豊文庫創設時の上野英信

た人間的な絆で結ばれた共同体を思い起こさせた。上野にとってそれは〝沖縄再発見〟であった。

その後、晩年（というにはあまりにも早すぎた晩年）の大作『眉屋私記』で、近代沖縄の民衆を描くことになるが、沖縄とのかかわりは、すでに南米における沖縄移民との出会いにあった、と言ってよい。『眉屋私記』の直接の契機は、一冊の小冊子『わが移民記』にあったが、それは単なる契機に過ぎない。

やがて上野は明治四〇年代に山原《やんばる》の寒村からメキシコ移民として太平洋を渡って行った萬栄の足取りを追ってメキシコに渡り、さらに花街・辻に売られた三姉妹を追って、大阪へ、川崎へと取材を広げていく。とりわけ、一族の出生地・屋部村には何か月も滞在し、徹底した取材を重ねた。

漆黒の闇の世界から、まばゆいばかりの沖縄に来て見たものは、かつて南米の沖縄移住地で見た、あの濃密な共同体社会であった。あるいはそこに失われたユートピアを見たか。いずれにせよ沖縄に来ることで、ある精神的解放感と、安堵感に似たものを得たに違いない。その解き放たれた精神の上に、文学的開花を見せたのが『眉屋私記』であった。それはおそらく上野文学の新たな境地を切り開いた作品ではなかったか。それだけに、がんと闘いながらも最後の仕事としたいという執念を燃やしていたのではないか。

上野にとって沖縄が以上のようなものだとすれば、沖縄の私たちにとって、上野はどのような存在であったか。それは沖縄の近代史の中の民衆像を、『眉屋私記』という作品を通して示した、ということではなかろうか。つまり移民と辻売りという近代沖縄を貫く二つのモチーフによって、生き生きとした民衆像を、記録文学の世界に打ち立てたということである。

それはまた、私たちに、ある刺激をあたえずにはおかなかった。舞台となった地元・屋部では、この作品が契機となり、村の歴史編纂事業が進められた。また、感化を受けた沖縄の人たちが「沖縄記録の会」をつくり、民衆史の記録が始まった。

一九八八年二月七日、屋部村公民館で「上野英信さんをしのぶ会」が開かれ、この日集まった人たちのなかから追悼文集の刊行や文学碑建立が提起された。ただちに『上野英信と沖縄』に取りかかり、翌年に刊行されたことにも、そうした沖縄側の気持ちが現れていた。


（一九八八年）

「筑豊文庫」を支えた上野晴子

上野英信が逝って一〇年後の一九九七年八月二七日、晴子《はるこ》夫人が亡くなった。享年七一。上野と共に筑豊文庫を支え、その活動を可能ならしめた人である。全国各地から筑豊文庫を訪れる人たちの接待やら、食事やらの面倒を見てきたばかりでなく、爪に火をともすような家計を切り盛りしてきた人であった。晴子夫人なくして「筑豊文庫」はない、というほどの人であった。

晴子夫人が、がんだという知らせを受けたのは、確か一九九五年の秋である。上野英信ががんで亡くなった後だけに、ショックであった。腹膜がんの手術の後、抗がん剤の治療で入退院を繰り返していたが、そのうちに福岡亀山栄光病院のホスピス病棟に入院された。私がお見舞いに行ったのも、このホスピスであった。

晴子夫人は日当たりのいい病棟のベランダで、一人で読書をしていた。そこへちょうど院長先生が通りかかった。院長は「晴子さん、あなたはもうすぐ天国に行くというのに、何をそんなに読んでいるのですか」とにこやかに話しかけた。私は聞いてはいけないことを聞いたような気がしてドキッとした。晴子夫人は「本を読むのが楽しいものですから」と笑いながら返していた。

ホスピスについての知識が乏しかったせいもあるが、それにしても腹の座った晴子夫人を見て、なんと強い人だろう、と改めて感銘した。葬式のことなども、すでに息子の朱《あかし》に話してあるとか。ホスピスについては、がんにかかる前々から関心を持ち「ホスピス研究会」などにも参加していたという。

そのようなことから一九九六年秋、再発を確認してからは延命措置をとらず、ホスピスに入られた。亡くなる二、三か月前、入院先の病院に友人の我部《がべ》政男《まさお》（当時・山梨学院大学教授）と再度、見舞ったが、迫りくる死を恐れることもなく、いつものように接していた。

実際、晴子夫人は「私は少しも怖くないのです」と話していた。そしていつものようにひとり息子の朱に読みたい本を運ばせ、相変わらず読書を楽しみにしていた。院長先生が「そんなに本を読んでどうなさるんですか」と冷やかすなど、ホスピスのなかはあっけらかんとした雰囲気があった。その精神力の強さで最期まで平常心を失することはなかった。

ホスピス内で行われた告別式は、生前親しかった人たちが参列した。長年の友人であり、「サークル村」の同志でもある作家の石牟礼道子《いしむれみちこ》や森崎和江《もりさきかずえ》が、柩に横たわる晴子夫人に、語りかけるようにして話していたのが印象深い。私も新里幸昭《しんざとこうしょう》（琉球方言研究者）や仲程昌徳（琉球大学教授）らとともに参列したが、全国各地から集まった人たちを見て、あらためて晴子夫人の人柄に触れる思いがした。

柩を乗せた車が病院を出るとき、見送りに来た筑豊の人たちから「さよーならー」と大きな声が上がった。その声は車を追いかけるように、闇夜に吸い込まれていった。一瞬、胸が締め付けられる思いだった。遺体は本人の意志で九州大学病院に献体された。

一九九八年一月『キジバトの記』という遺稿集が、筑豊の裏山書房から出版された。夫の死後、数年経ってから書き始められたもので、台所から見続けた夫・英信像が冷静な観察と、簡潔な文章で綴られている。時に辛辣な内容となっているが、それはまた夫への愛情の深さにも思える。これは息子の朱が巻末の「あとがき」で書いていることだが、ホスピスに入院したとき、ドクターから「どうぞ肩の力を抜いて、ゆっくりと」と言葉をかけられた。それが優しい気持からの言葉であることは認め感謝しつつも、後で朱にこう言ったという。

「あたしは今まで、肩の力だけで英信に対抗して生きてきたのよ。あたしから肩の力を抜い

1958年『サークル村』創刊当時――左から上野英信・晴子、森崎和江、谷川雁

たらなんにも残らないでしょうが」

しかし、晴子夫人は入院して『キジバトの記』を書きながら、しだいに肩の力を抜いていったという。絶筆となった「料理とブックカバー」の中に「ホスピスに入院してあと幾ばくも保てないガン末期の身を養っている私が、今一番したいことはお料理である」というのがある。ホスピスで行われた告別式でも朗読された一文である。

台所から解放されたはずの晴子夫人が、「今一番したいこと」に料理を上げたことは、参列者を驚かせるに十分であった。私はこの一文に込められた晴子夫人の思いを「あれでよかったのだ」と自分の人生を肯定したもののように受け止めたが、どうであろう。

しかし、驚くにはまだ早かった。『キジバトの記』には、「筑豊文庫」をめぐる英信との確執が冷静な観察眼と、感性豊かな文章で綴られ、ショックを与えずにはおかなかった。上野英信が「筑豊文庫」を根城に発信し続けた記録文学の数々がコインの表とすれば、晴子夫人の書いた『キジバトの記』は、その裏面である。その両面をもって文庫は成り立っていたのだ。新婚当初のころについて、晴子夫人はこう書いている。

彼は私を自分の好む鋳型に嵌めこもうとして、私が内面に保ってきたもののすべてを否定することから始めた。十代の頃から熱中していた短歌を禁じたのもその時である。容赦ないその態度は周囲の目にもつらく映じて「あなたがたはお互いを認め合って一緒になった筈なのに――」と私の母を嘆かせた。

いま思い返してもあれは教育ではなく調教である。私は殆ど窒息せんばかりだったが、それもこれもひとえに自分の未熟さのゆえと反省して、一ときも早くこの人に追いつかなければ申し訳ないと焦るばかりであった。（「二月」）

しかし晴子夫人は「私が生き延びてこられたのは」と、続けて書いている。

……どんな時にも彼の仕事に対する信頼と敬意が薄れなかったことと、いつのまにか私が複眼を備えて、ものごとを多層的に見るすべを身につけたためではないかと思う。そうなれば自分をもありのままに観察することができる。私の自発性が次第に萎縮し衰弱してゆくすがたもよく見えた。私が時として無分別な衝動に駆られなくなったのは五十才を過ぎてからである。（「二月」）

その「複眼」から「多層的」に見た上野英信について、こうも書いている。

妻の視覚は偏りやすい。私は自分の心を制御して夫を師と見做すように努めた。自然な夫婦の有りようからはますます遠くなったけれども、この切り替えは私に一種の自浄作用をもたらした。

師として仰げば、彼ほど多くのものを与え得る人は稀であろう。人間の最も基本的な姿勢を彼は自らの生き方によって示した。深い苦しみや悲しみの中にいて、自由に生きることのできる人だった。私はいつも最後には「不思議な人だった」という平凡な感慨にたどりつく。彼が亡くなった時、「先生は矛盾が調和していた」と言った青年がいるが、なるほどうまく言ったものだと思う。

（「わが師」）

この文章には、ひとりの自立した女性の目がある。それが救いでもある。また「筑豊文庫」の在り方についても、厳しい見方をしている。

マスコミ関係の人や、学生や文化人たちが足繁く訪れるようになるにつれ筑豊文庫は次第に周囲から浮き上がっていった。炭鉱の人々の再起のために使われる筈であった英信のエネルギーが、これら外来者のために費消されてしまうのである。野上さん（引用者注・炭鉱長屋の提供者）でさえ以前のような親しみをみせては下さらなくなった。

多くの人々の出会いの場となり、英信に数々の作品を生ませた筑豊文庫は初期の目的からいえば失敗だったと残念ながら私は思う。

（「廃鉱譜」）

「筑豊文庫」の前で上野英信と晴子夫人

このように「初期の目的からいえば失敗」と見ながら「けれども彼が書いたように、「これが私の棺桶であるかもしれないと思った。また、そうなってほしいと思った」という言葉はまさしく現実のものとなった。この秋、七回忌がすんだら、私は本気になって後片付けをしようと考えている」と付け加えている。まさに彼女の言う「複眼」の視点である。そして最後の「本気で後片づけ」というくだりに、自身の強い意志を示したのだ。それにしても、沖縄の私たちが無邪気に筑豊文庫に足を運んだことが、文庫を周囲から「浮き上がらせた」ことに加担していたとすれば、なんとも申し訳ないことであった。

上野英信の死についても、「六十四才という彼の死を惜しむ声は多い。しかし私は、彼が業半ばに斃れたとは思わない。一人の人間の営為として質的にも量的にも充分のことをなし遂げた六十四才の死は天命であったと認めたいのである」(「三回忌」)と。

『キジバトの記』に衝撃を受けたのは、私ばかりではなかった。宮崎県の土呂久《とろく》でヒ素公害問題に長年取り組んでいる川原一之《かわはらかずゆき》も、そのひとりである。川原のことは『キジバトの記』でも「上野英信の志を最も純粋な形で継承し、上野英信の歩いた道を、最も真摯な態度で辿ろうとしている」人として紹介されている。その川原でさえ『キジバトの記』の原稿を見せられて、「動揺、ショック、驚愕が次々と襲ってきた。がらがら崩れるものがあった」と同書の跋文「砦の闇のさらなる闇」で書いている。

上野の三回忌に合わせて筑豊で出された『追悼 上野英信』（裏山書房、一九八九年）に、川原は原稿二百枚ほどの評伝を書いたが、それは一九五五年ごろまでで、上野が筑豊炭鉱に降りて行くまでのことである。上野と晴子の交際がはじまる前のところで打ち切っていた。「後は晴子さんに委ねよう」という思いがあった。

ところが今度は晴子夫人ががんになり、入院したので慌てた。川原は取り急ぎ病室で数時間もかけてインタビュー取材をしたが、終わってから「今日お話したことは、だいたい私が書いてきたことですよ」と言われた。評論家・松原新一の指導を受けながら、文章を書いていたことは聞いてはいたが、その内容は見ていなかった。そこで未見の原稿を朱に送ってもらい、一読して前記のような衝撃を受けたのである。川原は読後の感想を晴子夫人に書き送った。

「最高の追悼であり、最良の上野英信伝だと思いました。ここ何年も、人を彫ることをつづけてきた僕に、教えてくれることの多い文章でした。冷静な観察と簡潔にしてむだのない表現力に脱帽いたします」と。

そのことに異存があるわけではないが、しかしここには晴子夫人への配慮というか、遠慮のようなものがあるように思えた。晴子夫人の死後に出された『キジバトの記』の跋文に、むしろ私は注目したいと思った。

「闇を砦にして」というのは、英信さんが好んで使った言葉である。その闇は、筑豊の地底の闇のことと理解されがちだが、実はそれだけでなく、上野英信自らの心の闇をもさしていた。その闇が、よく知られた原爆体験や炭鉱体験からだけでなく、まったく書かれることのなかった、捨てた郷里や家族、侵略の地満洲の大学、遍歴した女性、化石のように古風な女性観などに根ざした闇であったことを、本書は教えてくれている。そのうえで、読者は筑豊文庫に潜んでいたもう一つの闇の存在を知らされるのだ。もっとも濃くて、もっとも知られることのなかった闇。そう、上野晴子が心にいだきつづけた闇である。

（「砦の闇のさらなる闇」）

人には誰でも外からは見えない闇がある。外へ放つ光が強ければ強いほど、その闇は深くなる。上野英信もそうした闇を抱いて、戦後を生きてきたのだ。そして寄り添って生きてきた晴子夫人もまた、深い闇を抱き続けて生きてきたのだ。その闇の最も近いところにいたのが、一人息子の朱である。彼は両親のことをどう見ていたのであろうか。『キジバトの記』の「あとがき」に、次のよう書いている。

英信と晴子はまさに筑豊文庫という荷車の両輪だった。そのどちらが欠けても車は前に進まず、また替えとなるような新しい輪もどこにも見あたらなかった。なぜならその二つの輪はそれぞれが余りにも強烈な個性を持っていたからだ。激しく回転する夫の輪、一見穏やかそうに回る妻の輪、この異なる二つが同じ方向に進もうとする時、その間には当然のように捻れや軋みや摩擦熱が生じる。

さらにこの二人は言葉に非常に鋭敏であり、言葉の持つ力や恐ろしさを熟知していたから、一撃で相手を打ち倒す術も良く知っていた。

（「驢馬の蹄」）

しかし日常生活の中で英信は王様のように振る舞い、晴子は自分を押し殺して従っていた。「あたしは法王の驢馬になるんだから」と台所で晴子がつぶやくのを、皿洗いをしながら朱は聞いていた。「法王の驢馬」は忍従のうちに蹄を磨き、ついに相手を空高く蹴り上げる。しかし、驢馬が蹴り上げることはなかった。

「なぜなら記録文学者・英信に対しての尊敬は最後まで揺らぐことはなかったし、自分を筑豊に連れてきてくれたことに心から感謝していたからだ」

それでは『キジバトの記』に書かれていることはどうなのか。朱は書いている。


……自分の知っている英信さんはこんな人ではない、これはフィクションに違いない、と受け取る人もあるかもしれない。しかし文章は鋭く、話は人を飽きさせず、いくら呑んでも姿勢の崩れない英信が実像であるように、頭も尻尾もないような論理を振り回して女房を閉口させる姿も、また英信の実像なのである。

（「驢馬の蹄」）


で、ふたりの戦いの結末はどうなのか。

「マサカリを真っ向上段に振り上げて圧倒する父と、音もなく忍び寄ってアイスピックで脇腹を一突き、の母。生まれながらの桟敷席から見ていた私の判定は、引き分け、である」

見事な判定である。まことにこの両親にしてこの子あり、というべきか。

朱はその後、「生まれながらの桟敷席」から見た「筑豊文庫」の物語を『蕨《わらび》の家』（海鳥社、

「筑豊文庫」に掲げられた標語と炭鉱資料

二〇〇〇年）や『父を焼く』（岩波書店、二〇一〇年）などのエッセイにまとめている。その文章のスタイルが父・英信によく似ているのに驚く。いや、むしろ母・晴子かも知れない。いずれにせよ「筑豊文庫」の闇から生まれた新しい光である。

筑豊文庫には何度か足を運んだ。一人のときもあれば、沖縄の友人たちと訪ね、お相伴に預かった。炭鉱の製図版をテーブルにした食卓には、いつも晴子夫人の手料理がならんだ。全国から上野の著作を読んだ来客が、ひきもきらなかった。上野自身「炭鉱案内人」と称して、惜しみなく廃坑跡などを案内していた。まわりにはホテルだの旅館だのはない。泊めてもらうことになるが「ここは非国民宿舎ですから」と、上野は笑って話していたものだ。

筑豊文庫には炭鉱の資料や使用済みの道具なども展示されていた。「萬人一人坑」と板書された文字が、室内に掲げられていた。「一人は万人のために、万人は一人のために」という言葉を、炭鉱にひきつけて掲げたものである。また、次のような「筑豊文庫設立宣言」が掲げられていた。

「筑豊が暗黒と汚辱の廃墟として滅びることを拒み、未来の眞に人間的なるものの光明と英智の火種であることを欲する人びとによって創立されたこの筑豊文庫を足場として、われわれは炭鉱労働者の自立と解放のためにすべてをささげて闘うことをここに宣言する」

炭鉱労働者の自立と解放のために設立された筑豊文庫は、次第に来訪者の対応に追われ、地域から浮き上がり、本来の目的から乖離していった、と晴子夫人は『キジバトの記』の中で批判し、反省している。その言葉は「来訪者」の一人にすぎない私たちとしても心痛いことだが、せめてもの「万人のための一人」であり続けたい、と思う。筑豊文庫はその後、形を変えていくことになるが、「設立宣言」に掲げた精神を、これからも肝に銘じていきたいと思う。

（一九九八年）

『眉屋私記』取材同行記

日本の火床・筑豊炭鉱の地底で働く労働者をモチーフにした作品の多い上野英信文学の中で、唯一、沖縄を扱った長編『眉屋私記』は、近代沖縄の民衆を描いた記録文学として、沖縄の私たちにとって忘れることのできない作品である。

明治の半ば、沖縄は山原の寒村・屋部から、メキシコ炭鉱移民として、太平洋の波濤を乗り越え、彼の地で波乱の生涯を閉じた山入端萬栄とその兄弟、そして兄たちを支えるため辻遊廓に身売りされた三姉妹の生きざまを描いたこの作品は、ある評者をして「沖縄の近代史に初めて路地裏のアンマー（女性）たちが登場した」と言わしめたように、それは優れた文学であると同時に、民衆史でもあった。

この作品がすぐれた民衆史であり得たのは、移民とジュリ（遊女）売りという近代沖縄を貫流する二つのモチーフによって貧困の構図を描き、しかもこれに抗してたくましく生きる人々の姿を描いたことにある。

それは近代日本から疎外され、底辺の形成を余儀なくされた筑豊の民と相通じるものである。筑豊の地底で闇を見続けてきた上野なればこそ、それをなし得たともいえよう。

それにしても、この長編はいかにして生まれたのか。沖縄の側から作品の誕生にかかわってきた者の一人として、その背景や経緯について知るところを書き留め、後々の参考に供したいと思う。

一冊の移民記

一九七七年一一月一二日のことであった。

那覇空港のロビーに姿を現した上野は、いつものようにピースの缶をわしづかみにしていた。空港内のレストランにひとまず落ち着くと、私はたずねた。

「こんどはどのようなご用で……」

紫煙をくゆらせていた上野は、ゆっくりと切り出した。

「実は、これなんです」

そういってバッグから取り出したのは、先だって私が上野に送った『わが移民記』である。

「これがどうかしましたか？」

上野の意を解しかねた私は、再度たずねた。

「これを、そのままにしておくのは、もったいないと思いましてね」

ゆっくりした口調で、一語一語をかみしめるように『わが移民記』のもつ内容の重みについて語った。

ちなみに一九六〇年に発刊されたこの本は、著者が山入端萬栄、編者が志良堂清英、定価が五〇セント（米軍統治下のドル時代のため）で、琉球新報印刷課から発刊されている。

編者の志良堂によれば「本書は海外移民の先駆者、山入端萬栄氏の、メキシコおよびキューバでの、渡航五〇年にわたる移民生活を、同氏の日記風の半自叙伝記録を骨子として、編者が幾分修飾を加え、編集した」ものである。

志良堂は著者の山入端萬栄に会ったことはなく、「もっぱら文通上の交情に過ぎなかった」が、萬栄の手記を託され、この本を出版したのであった。萬栄が炭鉱移民で一九〇七（明治四〇）年にメキシコに渡り、同地でメキシコ革命に巻き込まれて九死に一生を得、さらにキューバに渡ってドイツ人と結婚するまでの波乱に満ちた体験が綴られている。

その内容もさることながら、明治時代に一二〇〇人もの炭鉱移民が太平洋の荒波を越えて、アメリカ大陸に渡っていった、という事実を知ってほしい、と思って私はこの本を上野に送った。というのは、上野は一九七四年に筑豊の炭鉱離職者を追って南米各地を訪ねて帰国したばかりであったからだ。

同書を読んだ上野は、明治時代に日本から大量の炭鉱移民があったということを知って、かなりのショックであったようだ。一九七四年の春、上野はラテン・アメリカ諸国に農業移民として渡った炭鉱離職者を訪ねていく途中、メキシコに立ち寄っているが、まさか二〇世紀初頭にこんな大量の日本人が炭鉱移民として、メキシコの地底に送り込まれていようとは思ってもいなかったからだ。

しかもその坑夫たちの中には、多くの沖縄人が含まれている。南米の取材中もしばしば沖縄出身の移民と遭遇しているが、沖縄から炭鉱移民が海を渡ったということは、おもいもよらぬことであった。

そんなわけで、この移民史をもっと掘り下げてみる必要を強調したあと、「これをやってみませんか」と私に勧めた。私は西表炭坑史の調査・研究もやり残しているし、私ごときの力の及ぶところではない、と辞退した。上野は「できれば沖縄の人にやってほしい」と言ったが、すでに自分がやるしかない、と決意していたようである。

「とにかく、この本の編者の志良堂清英さんに会ってみましょうか」

私は席を立って、電話帳で志良堂を探し、すぐに会ってもらう約束を取り付けた。こうして事実上の取材の第一歩がスタートした。

志良堂清英は、戦前からの琉球新報の記者で、現在はリタイアして那覇市若狭の自宅で隠居の身である。不意の来訪にもかかわらず、快く会ってくれた。しかし、あの本の出版からかれこれ二〇年近くも経っており、記憶も定かではなかった。山入端萬栄の親類の所在や、『わが移民記』に収録された原資料の手記についても手元にはない、とのことであった。

やや当てが外れた気持は否めなかったが、ともかく親類の人たちを探して会ってみることだ、と翌日、上野と二人で萬栄の出身地である北部の屋部を訪ねることにした。そのころ私が乗っていたオンボロの軽自動車に、長身の上野は身体を折りたたむように腰掛け、ＳＬよろしくピースのたばこの煙を窓からはき続けていた。

目指す屋部とて当てがあるわけではない。文字どおり藪の中に分け入るに等しい。いま、その時のメモをもとに、当時の様子をたどってみよう。

屋部への第一歩

名護に着いたのは、一一月一三日の午前一一時過ぎだった。名護市役所に友人の岸本建男を訪ね、メキシコ帰りの人が屋部周辺にいるかどうか尋ねたが、彼は思い当たらぬという。琉球新報の北部支局に寄って聞くと、屋部部落のはずれにブラジル食堂というのがあり、そこの主人が南米帰りだから、何かわかるかも知れない、ということだった。

そこへ向かう途中、屋部の入り口で車を止めて、渡波屋へ寄った。東西の屋部川が名護湾に合流する川洲に面して屹立する岩山は、その名の通り、昔は海の中にあったに相違ない。今は陸続きとなり、岩山は樹木におおわれている。石段を登り詰めると、頂に村の戦没者を祀った慰霊塔が村を見下ろしている。

安和岳《あわだけ》や嘉津宇岳《かつうだけ》を背にした屋部の家並みは、福木《ふくぎ》に包まれ、落ち着いたたたずまいである。あたりに視界を遮るもののないこの渡波屋は、昔、島を旅立つ船を見送ったといういわれがある。それだけにこの渡波屋に寄せる村人の思いも、ひとしおであったろう。後に上野

2019年11月、渡波屋の全景

が『眉屋私記』の書き出しを、この渡波屋の描写から始めているのは、象徴的な意味あいが込められている。

渡波屋は双頭の岩座である。

根もとは一つだが、上のほうは風浪に削られて、南北にそれぞれ独立している。根まわりはおよそ五十メートル。高さは八メートルあまり。その根の部分から頂上まで、まわりはすべて、切り立った断崖絶壁《ふちばんた》である。

風浪に削られて立つ双頭の岩座を、上野は萬栄とツル女に、あるいはこの二人に代表される村を出たすべての民に見立てたのか……。

渡波屋で時間をついやして、ブラジル食堂を訪ねた。主人は奄美大島《あまみおおしま》の出身で、沖縄出身の夫人と共に戦後、南米に移民した経歴の持ち主。『出ニッポン記』の取材で南米から帰ったばかりの上野とは、彼の地の話に花が咲いた。上野は好物の沖縄そばにブラジル産のコーヒーを、おいしそうに飲んだ。食堂の主人は、「山入端萬栄の村は、隣の山入端部落ではないか」と言う。

屋部集落の福木並木

さっそく車を駆って訪ねたが、八八歳になる村の古老は「山入端には山入端姓は一軒もない。しかし萬栄なら、子どものころ遊んだことがある。萬栄の家は、屋部小学校の裏あたりだ」と教えてくれた。車の向きを変え、再び屋部へ。途中、屋部の浜の美しさにひきつけられて「下りてみましょうか」ということになった。地底の闇を見つめてきた上野にとって、あまりにも明るく開かれた世界であった。浜の真砂をそっと袋に詰めている上野の姿が、今も忘れられない。

屋部に戻り、教えられた小学校の裏で尋ねてみると、「萬栄さんなら萬五郎《まんごろう》屋が
エーカ（親戚）です。西へ行くとマチヤ

（店）があるから、そこで聞くといい」という。親戚の存在を知って安堵した。藪の彼方に光がさしてきた思いであった。

教えてもらった萬五郎屋は、あいにく畑仕事に出かけて不在であった。しかし、マチヤの裏で孫をあやしていた岸本ウサというおばあさんから、萬栄には六人の兄弟姉妹がいて、末娘のマツが那覇に健在であることを教えてくれた。萬五郎屋は萬栄の弟（二男）の家である。

さっそくマツに電話を入れると、かくしゃくたる声で、その夜の来訪を快く受け入れてくれた。屋部を抜ける途中、岸本ウサに教わった萬栄の生家跡を訪ねた。すでに当時の家はなく、生け垣に囲われた生家跡は、半分が空屋敷になっている。屋敷隣の久護《くご》家は屋部の旧家で、眉屋の人たちが奉公したゆかりの家である。大きな福木の屋敷林に囲まれた母屋は、いまは名護市の文化財に指定されている。

那覇に戻るころには、もう夕闇が迫っていた。

ツルとの邂逅

那覇市安里《あさと》のマツの家は、栄町《さかえまち》の商店街のすぐ近くにあった。小さな玄関口から中に入ると、七〇過ぎかと思しき婦人が現れ、しっかりとした口調で招じ入れた。マツである。この人こそ後々の取材で最大の協力者となり、『眉屋私記』のヒロインとして登場する、ツルその人である。マツはツルの幼名であった。

座して自己紹介の後、上野は「ほんとに萬栄さんのごきょうだいですか」と尋ねた。『わが移民記』には、ツルの名は出てこない。それのみか、萬栄に六人もの兄弟姉妹のいることさえ記されていない。あまりの生まじめな質問に、ツルは笑いながら「そうですよ」と言って、簞笥から風呂敷包みを持ち出してきた。

「ほれ、これがなによりの証拠ですよ」とでもいうかのように、中から取り出したのは、萬栄のキューバでの写真や、彼の地から送られてきた手紙類である。しばらく見とれていた上野は「萬栄兄さんのノートはございませんか」と尋ねた。『わが移民記』のもとになったあのノートである。

「さあ、ありますかねえ」と簞笥の奥を探していたが、やがて束ねられた包みを取り出し「これですかね」と広げて見せた。「在外五十有余年ノ後ヲ顧リミテ」（本書巻末に全文掲載）と題する一冊の大学ノートが出てきた。漢字混じりのカタカナ文字でびっしりと書かれ、まぎれもなく萬栄の手記である。

「これで生き返った思いです」と、上野はよろこびを隠さない。そして「こんどの仕事を最後の仕事にしたい」という。この仕事への決意のほどが、しのばれた。だが、ツルはその上野の言葉が気になって仕方がなかったらしい。「まだ、お若いのに、どうして最後の仕事などと言うのかしら、と変に思ったが、あのときから死を覚悟しておられたのかねえ」と後に述懐している。

ツルが気にしていたのには、他にも理由があった。それは兄・萬栄のことを調べようとしていた人が、ふたりも上野の前に亡くなっているからである。一人は沖縄の歴史学者・東恩納《ひがしおんな》寛惇《かんじゅん》。もう一人は萬栄とメキシコ行きを共にした人である。二度あることは三度ある、というからツルは気になって仕方がなかった。それから十年後、上野が亡くなろうとは……。

ツルとの初対面の夜は、早々と引きあげた。喜びを一度に味わうのが、いかにも惜しい、というかのように。明後日また訪れることを約束して、いとま乞いをした。小さな門扉を開けて表へ出ると、上野は大きな手で握手を求めてきた。これで滑り出した、というわけである。私のアパートに戻ると、改めて船出の祝杯をあげた。

「これで一本筋が入りました。それにしても萬栄さんの生涯は、あまりにもドラマチックだから、かえって作り事ではなかろうかと疑われかねませんね。しかし、このノートが嘘でないことを、なにより証明してくれますね」と借りてきたノートに目を通す上野。その夜、美酒の泡盛は、尽きることを知らなかった。

翌一一月一四日に、沖縄の移民事情を調べるため、沖縄海外移住協会を訪ねたが、途中、昔の辻町跡を見て回った。若狭町の志良堂宅にも立ち寄り、末妹のツルが健在なこと、萬栄の手記が見つかったことを報告し、礼をのべた。志良堂も喜んでくれた。

ツルを二度目に訪ねたのは、その翌一五日である。改めて六人きょうだいのことや、生家の思い出などを語ってもらったが、そのとき彼女は半生記の「三味線放浪記」という一冊の新聞切り抜き帳を見せてくれた。一九六三年に『琉球新報』に三六回にわたって連載したものである。萬栄のノートだけでも驚きであったが、その上、妹の半生記まで見せられたときの喜びはたとえようもなかった。

「三味線放浪記」は、東恩納寛惇が彼女の口述をもとに書いたものである。新聞では「山入端つる」の名で発表され、東恩納寛惇は「校閲」となっている。萬栄の手記と「三味線放浪記」は、『眉屋私記』を構成する二つの柱となった。萬栄の移民物語をたて糸に、ツルの出稼ぎ物語をよこ糸に『眉屋私記』は編まれたのである。

それにしても、ツルとの出会いは、まことに幸運であった。以後、何十回となく会い、眉屋一族の物語を次々と引き出していく。彼女も知る限りを語り、資料を提供して協力を惜しまなかった。彼女の慧眼もさすがであった。後に上野は彼女との出会いをこう書いている。

……なによりのしあわせは、萬栄の妹ツル女との出会いである。以来今日まで五年間、私は休むまもなく沖縄へ通い、ツル女の思い出の糸をたぐりつづけた。思い出すのもつらいできごとのみ多かったろう。しかし、彼女は一度として率直な態度を失することはなかった。その信じがたいほど毅然として率直な姿勢は、しばしば私を圧倒するほどであった。

（『眉屋私記』あとがき）

メキシコ取材行

一九七七年一二月二日、筑豊から来た上野は「いよいよメキシコに行くことにしました」と打ち明けた。そして「スペイン語の話せる沖縄の青年をひとり連れていきたい」と言う。スペイン語の通訳ということもさることながら、「メキシコで何十年も沖縄に帰っていない移民の方々に、せめて戦後生まれの沖縄の青年を見せてあげたい」というのが、申し出の趣旨である。

通訳なら、他にもいよう。あえてそれを沖縄の青年に、というところに上野らしい心配りがある。いつも取材される側の立場を忘れぬ人であった。というより、作品そのものが「取材される側」のために書かれた、と言った方が妥当であろう。

スペイン語の話せる沖縄の青年は、すぐには見つからなかった。以前から知己の琉球大学教授の大田昌秀《おおたまさひで》に、上野は相談を持ちかけた。大田はスペイン語教授の安井祐一《やすいゆういち》の紹介で、琉大を卒業して間もない屋宜盛保《やぎせいほ》という青年を推薦してくれた。さっそく沖縄市安慶田《あげだ》に住む青年の家を訪ねた。寡黙だが体格のがっちりした好青年であった。

上野は持参した自著数冊を手渡し、同行を頼んだ。琉球大学を卒業後、二年ほどスペインで生活して帰ったばかりの彼は、まだ就職先が決まっておらず、フリーであった。彼が大役を引き受けてくれたことで、メキシコ行きの準備も整い、一九七八年の春四月、メキシコ行きが確定した。四月の末から七月まで、三か月に及ぶ長旅である。東京からはカメラマンの千葉安明が同行するという。

己が身の旅費だけでもかなりのものなのに、そのうえ二人の同行者の旅費までとなると、定収入を持たぬ上野にとって大きな負担である。常日頃から「記録文学に携わる者は、金を惜しむな、時間を惜しむな、そして命を惜しむな」が信条とはいえ、三か月に及ぶ取材旅行は、初めから帳尻の合わぬ借金旅行である。

メキシコでの取材は、大きな収穫であったようだ。メキシコシティを手始めに、タバチュラ、萬栄がメキシコ革命に遭遇したサカテカス、そしてコアウイラ州の炭鉱を訪ね、関係者からの聞き取りをしている。筑豊で炭鉱を見慣れた上野も、さすがにメキシコで見る炭鉱は、感慨ひとしおだったようだ。その印象をこう書いている。

……こんな砂漠のはてに炭鉱があるのだろうか、と不安にかられていた私は、やがて蜃気楼のように地平線に浮かびあがる黒いボタ山と黒煙を吐く大煙突を見て、一瞬、二十年昔の筑豊炭田にまい戻ったような幻覚におそわれた。車のまきあげる炭塵のにおいまでが、私の肺をなつかしくふくらませた。

（『眉屋私記』あとがき）

上野の肺を「なつかしくふくらませた」メキシコの風は、新たな取材への意欲をふくらませる旅でもあった。

タイトルの由来

メキシコでの取材旅行から帰ってきた上野は、再び沖縄に逗留し、ツル宅や屋部村に通う日が続いた。初めは私のアパートか、那覇市安里の沖縄第一ホテルを常宿とした。沖縄第一ホテルは客室の少ないプチホテルだが、米国の沖縄占領直後、米軍の将校ホテルとして使用されたところで、風情のあるホテルであった。経営者の島袋芳子《しまぶくろよしこ》の家庭的なもてなしが、仕事の疲れをいやしてくれた。それに同ホテルからツル宅まで、歩いて十分ほどであった。泡盛屋の「うりずん」もその途中にあり、オーナーの土屋実幸《つちやじっこう》が、いつも歓待してくれた。

　第一ホテルが使えないときには、その裏手にあるロイヤルホテルを利用した。このホテルも元は米兵専用であったが、そのころは豪華な名前とは裏腹に、まるで幽霊屋敷のようなホテルであった。私は毎朝新聞社に出勤する途中、バイパスで待ち受ける上野に朝食の弁当を届けるのを日課とした。そんな日が何十日続いたか……。

　沖縄での滞在は最も長いときで、一九七八年一〇月一五日から翌年の二月一一日まで四か月に及んだ。正月には食堂が閉まっていて、バナナを食べて空腹をまぎらわせた、と話していたこともある。後に琉球大学教授の仲程昌徳の公務員宿舎にもよく泊まった。

　屋部での取材も次第に増え、そのたびにホテルに泊まるのもたいへんなので、屋部で一軒家を借りることになった。一九七九年五月二〇日のこと、「うりずん」のマスターの土屋があの辺の事情に詳しいというので、彼の案内でさがしに出かけた。伊豆味《いずみ》に心当たりの家がある、というので訪ねたが、文字通り藪の中の一軒家、壁板もはげ落ちたあばら家であった。それに交通の便も悪かったのであきらめた。

そのうち、名護で知己を得て、協力者が現れた。名護高校で国語の教師をしている新里幸昭が、教員住宅の一室を提供。屋部の取材も腰をすえて当たることができた。取材の輪が広がるとともに、上野を取り巻く酒好きの〝名護グループ〟がおのずとできた。

上野は取材でテープレコーダーを使うことをしなかった。「いい話というものは、心に残るものだ」というのが、その理由であった。ところが屋部での取材、特に萬五郎屋のおばあは、ほとんど屋部の方言で即座には解しがたいため、方言での取材だけはテープレコーダーを使用した。それを那覇のツルのところへ持っていき、「これはどういう意味ですか」と尋ねるのであった。それにしてもあの難解な屋部方言を、よく聞き分けられた、と恐れ入るほかない。

部屋探しをしていたころ、わたしのアパートで泡盛を呑みながら、作品のタイトルに話が及んだことがある。どうしたものか思いあぐねている様子であった。「山原船《やんばるせん》というのはどうでしょうか」と私は提案した。眉屋一族が山原を後に、万里の波濤を越えて広がっていくさまを、山原船にたとえたつもりである。まことに文学的才能に乏しい、おそまつな感性の産物というほかない私の提案を、上野は「それに決めましょう」と言い出した。

私は酒の勢いで墨を持ち出し「命名・山原船」と大書し、ふすまに貼りつけた。翌日、命名の記念にと、知念村《ちねんそん》にある沖縄刑務所にでかけて、受刑者たちが手内職でつくった山原船の模型を買い、プレゼントした。しばらく福岡の「筑豊文庫」に、その模型は飾られていた。ところが、この命名に「名護グループ」からクレームがついた。なんでも、昔、「山原船」と称する沖縄芝居の一座があったが、興行が振るわずつぶれたとか。「山原船とは縁起でもない」というのである。上野もそう言われて気が進まなかったか、あるいは渡りに〝船〟とばかり、あきらめた。「山原船」は、こうして短命のうちに沈没となった。

その後、『人間雑誌』に作品を発表する前まで「黒潮は故郷に向かって走る」という題を考えていたようだが、結局『眉屋私記』に落ちついた。眉屋とは、山入端一族の屋号である。一門の先祖に眉の美しい人がいたのが、その由来らしかった。出版社側はこの「眉屋」が、一般にはよくわからない、というので難色を示したらしい。上野からその題名を知らされたとき、こんどは余計な口は出すまいと、あえて反対しなかった。

ところが作品が出版されて後、名護市出身の職場の同僚記者から「私の母によれば眉屋は〝まんゆやー〟の誤りではないかと言っている。方言の〝まんゆやー〟のまんは、眉ではなく山入端一族の名乗り頭である萬からきている。つまり萬の家という意味ではないか」というのである。上野がそれを承知で、あえて眉屋と当てたかどうか、今となっては知る由もないのであるが、その辺のことについて、作品の中でこう書いている。

「……その珍しい屋号は、この家の始祖がすこぶる眉の美しい人であったので、時の王がこれを賞でて名づけられたと伝えられている。異説もあるが、この家の子孫はその由来を信じ、誇りにしている」

つまり上野は、「異説」のあるのを承知の上で、あえて「眉屋」説をとり入れたのである。沖縄で求められるままに上野は「眉の清《ちゅ》らさぞ神の島」と、サインしている。生前よく「沖縄の人には気品がある」と話していたが、あるいは「眉の清らさ」にそれを託したものか。とすれば、眉屋の当て字も「気品のある人々」という意を込めた、一つの文学的表現と見た方がいいのかもしれない。

屋部での取材が一段落すると、こんどはツルの足跡を追って、大阪の岸和田、疎開していた千葉県上総《かずさ》、川崎市に取材に出かけた。岸和田はツルが若き日に辻をとび出し、紡績工場に働きに出かけたところ。川崎は戦後の一時期、三味線で身をたてていたところである。その川崎に取材したとき、偶然訪ねて行った先が、筑豊の炭鉱で働いていた在日朝鮮人の知人宅であったりして、その奇遇に「何かの引き合わせでは――」と、しみじみ語っていたのを思い出す。

「事実には小説家の想像力の及ばぬものがある」

「一メートルでもいいから、想像の羽を広げてみたい。でも、やっぱり事実のもつ重みにはかなわない」

沖縄での取材中に私に言われた言葉であるが、その徹底した取材ぶりは、これらのことを裏付けている。とはいえ、事実と事実の間をつむぐのは、作家の想像力である。決して事実は、それを切り取って見せるだけでは、訴える力は持ちえない。そこに作家の創造力もあるのではなかろうか。

話はやや横道にそれるが、取材をはじめて一年近くたったころ、ツルの姉ウシの養女シゲ子が、那覇市内の栄町でスナックバーをやっているというので、探したことがある。店の名を「ボナンザ」という。シゲ子は五十過ぎのとても感じのいい人であった。以後この店には、上野が沖縄に来るたびに通うことになる。はじめは「うりずん」で泡盛を呑み、それから「ボナンザ」に落ち着く。

シゲ子はラテン音楽が好きで、よくラテンナンバーを流していたが、南米、メキシコと旅をしてきた上野も、それらの曲に懐かしさを覚えるのか、この曲に合わせて、足の踏み場もない小さな店で、カチャーシーを踊りまくったこともある。

筑豊で張りつめた日々の上野も、ここでは息抜きができたのでは……と思ったりもする。精神の〝解放区〟といえば、大げさに過ぎるが、そうした開放的な土壌の上に、上野文学が新たな展開を見せたのが『眉屋私記』ではなかったか、というのが私なりの理解である。

心残りなキューバ取材

取材上のことで、最も心残りにしていたのは、キューバ取材のことである。荒れ狂うメキシコ革命で九死に一生を得た萬栄は、一九一四年にキューバに渡る。そして一九五九年七一歳で亡くなるまで、彼の地で新たな人生をおくる。キューバ行きは上野にとって、メキシコと並んでどうしても果たしたいところであった。『眉屋私記』の「あとがき」のなかでも、そのことに触れてこう書いている。

幾つかの心残りがないではない。そのなかでもとりわけ大きなもののひとつは、おおぜいの皆さんのお力ぞえにもかかわらず、ついにキューバへの旅が許されなかったことである。山入端萬栄はキューバを第二の祖国として四十三年間生活し、そこの土になっているだけに、私の無念は深い。せめて一人娘のマリアに生前の思い出を聞きたいと思うが、彼女の消息もさっぱりつかめない。

キューバへの取材が許されなかったのは、ビザが下りなかったからである。理由は定かではない。マスコミにも知りあいの多い上野のこと、大手新聞社の人たちが自社の特派員などを通じて働きかけてくれたが、ついに実現しなかった。

一九八五年に私も取材にかかわった琉球新報社の海外取材企画「世界のウチナーンチュ」で、屋良朝男《やらあさお》記者がキューバを取材することになった。チャンスとばかり、私は彼に萬栄一家の消息を調べてくれるよう依頼した。彼の調べによると、萬栄の死後、妻のエリザベッツとその娘マリアはドイツに引き揚げ、さらにマリアはスペインに渡って、学校の先生をしている、とのことであった。

遺族に会って話を聞く機会はついになかったが、屋良記者はキューバ時代に親交のあった石川市出身の石川善俊《いしかわぜんしゅん》（当時七七歳）から、萬栄のことを取材し、新聞に紹介している。それによると、晩年の萬栄は孤独であったらしい。屋良記者はその時の石川の話として、次のように書いている。

石川さんは何度も萬栄さんの御自宅に呼ばれ、ごちそうになった思い出を懐かしそうに話した。「私たちが招かれるのは祝いごとの日が多かった。一人娘の誕生日にもよくよばれた」という。山入端の家に行く度毎に、萬栄がいっそう孤独になっていく様子が分かった。「カミさんのドイツ女のエリザベッツは愛想のいい女で、私たちが行くと大変喜んでくれた。しかし、私たち以外の招待客は全部ドイツ人。萬栄はドイツ語が分からないから、いつも部屋の片隅で寂しそうにしていた」という。萬栄さんは晩年、ノドのところにガンが発生。入院していたが、死ぬ四、五日前に石川さんは見舞いに行った。その時、萬栄さんは石川さんに「年をとると沖縄が恋しい。沖縄で死にたい」と、うわ言のようにつぶやいていたという。

(「山入端さんを懐かしむ」『世界のウチナーンチュ』2　琉球新報社編、ひるぎ社、一九八六年)

ちなみに萬栄が死んだ一九五九年は、カストロのキューバ革命が成功した年である。墓は首都ハバナにある。萬栄は戦前のメキシコ革命、戦後のキューバ革命と、世界史に残る二つの革命を体験したわけである。キューバ革命の嵐を逃れて、妻のエリザベッツと娘のマリア

キューバ時代の晩年の山入端萬栄（右上）と家族

キューバの首都・ハバナにある山入端萬栄の墓

たちがドイツに引き揚げたらしいという話を聞いて、上野はドイツ行きも考えていた。しかし、ドイツでの所在がつかめず、ついにこれもあきらめざるを得なかった。とはいえ、戦前のキューバ時代のことについては、あとう限り周辺からの取材を尽くしている。その成果は『眉屋私記』の「黄白人種宣言」に見られるとおりである。

『眉屋私記』が季刊『人間雑誌』に連載されたのは、一九七九年一二月創刊号からである。同雑誌は「あたりまえでふつうの人間の、やさしさと哀しみにみちた生き死にを、民族と国家に向き合いながら、記録を中心とする方法によって明らかにしたい」という趣旨で発刊された。草風館の編集人・草野権和《くさののりかず》の熱心な勧めにもよるが、年四回という発行ペースが上野は気に入っていた。

ところが、この雑誌は一九八一年の第九号で廃刊となり、『眉屋私記』の連載も中断せざるをえなかった。連載できなかったものに加筆され、『眉屋私記』が潮出版社から刊行されたのは、一九八四年三月である。入稿前の原稿を見せてもらったが、ガリ版刷りの文字のように、一字の書き損じもない見事な原稿に、襟を正される思いであった。

（一九八八年）

炭鉱移民と辻売りで紡ぐ民衆史

『わが移民記』との出会い

『眉屋私記』の初版が刊行されたのは、一九八四年である。これまで筑豊の地底の坑夫たちをテーマにした記録文学で、近代日本の在り様を撃ち続けてきた上野英信が、沖縄を正面から取りあげた異色の作品である。

一九七七年一一月。一つの小さな冊子との出会いから、その取り組みは始まった。一九六〇年一月に琉球新報印刷課が発行した『わが移民記』である。著者は山之端萬栄、編者は志良堂清英。萬栄が書き残した「在外五十有余年ノ後ヲ顧リミテ」という漢字とカタカナで書き連ねた手記をもとに、琉球新報の記者をしていた志良堂が読み砕いて編集しなおし、一部新聞に連載したものをまとめたものである。

萬栄は沖縄県北部の屋部村から一九〇七（明治四〇）年に、第二次炭鉱移民二五〇人の一人としてメキシコに渡っている。

上野英信は、二〇世紀半ばのエネルギー革命で日本の火床・筑豊炭鉱から職を失ったヤマの仲間たちを追って南米の各地に長期取材に出かけ、『出ニッポン記』を刊行したばかりであった。遅ればせながら何かの参考になれば、という軽い気持ちから送ったのであった。

数日後、上野がひょっこり那覇に訪ねて来た。カバンの中からくだんの冊子を取り出し、さりげなく私の前に置いた。「これが、どうかしましたか」と尋ねると、改まったように「これをこのままにしておくのはもったいないと思いましてね。できればもっと現地調査をして掘り下げて書いた方がいい。三木さん、やってみませんか」と言う。たぶん沖縄に対する遠慮や配慮に出たものと思う。私はむしろ、あれほど炭鉱労働者のことを追究し、南米にまで出かけた上野こそがやるべきだと思い、辞退したが、自身でその覚悟をすでに固めているように見えた。上野は後にこう書いている。

一九七四年の春、私はラテン・アメリカ諸国に農業移民として渡った炭鉱離職者をたずねて歩く途中、メキシコに立ち寄りながら、恥ずかしいことだが、まさか今世紀初頭に多くの日本人が炭坑夫としてメキシコの地底に送りこまれていようとは、まったく知らなかったのである。矢も盾もたまらず、一九七八年春、私はメキシコ行きを決行することにした。

（『眉屋私記』あとがき）

二〇世紀も後半に入り「追われゆく坑夫たち」の行く先々を訪ねた上野にとって、同世紀初頭、すでに炭鉱移民たちがいたことは、大きな驚きであったに違いない。「矢も盾もたまらず」メキシコ行きを決めたその心情が偲ばれる。

とはいえ、『わが移民記』との出会いは、一つのきっかけであって、いずれ沖縄移民について取り組まねばならない、ということは『出ニッポン記』において、すでに示唆されていた。炭鉱離職者を取材したボリビアの移住地・サンファンから、さほど遠くないところに戦後の沖縄移民によって開拓されたコロニア・オキナワがある。上野はそこで米軍基地建設で土地を奪われた沖縄移民とめぐりあう。同書の最終章「自然動物園を逃れて」のなかで、炭鉱移民と沖縄移民について、次のように書いている。

無限の憤りと悲しみにみちた「艦砲ぬ喰ぇーぬくさー」ということばになぞらえるとすれば、先祖伝来の田畑はもとより、親兄弟まで暗黒の地底に呑まれ、あげくの果て、〃エネルギー革命〞によって坑口を追われた炭鉱労働者は、さしずめ「石炭ぬ喰ぇーぬくさー」ということになろう。そして彼ら、累々たる屍の山をかきわけるようにして命からがら南米大陸の涯まで逃げのびた「艦砲ぬ喰ぇーぬくさー」と「石炭ぬ喰ぇーぬくさー」こそは、二十世紀後半の日本移民史を血に染める、最も象徴的な二つの大集団であるといわねばなるまい。

（『出ニッポン記』最終章）

また上野は『眉屋私記』の「あとがき」でも「もしその仕事旅がなければ、私はとうてい今回の仕事に旅立つことはなかったろう。その意味では、私にとって、『眉屋私記』と『出ニッポン記』は姉妹編である」とも書いている。このように『出ニッポン記』から『眉屋私記』へと続く仕事の流れは、二〇世紀後半の日本移民史の「象徴的な二つの大集団」というくくりの中で、いずれ取り組まれるべきテーマであったに違いない。

ツル女との巡り合い

『眉屋私記』の取材は、沖縄についたその日からスタートした。まずは関係者に会うことからと、『わが移民記』の編者である志良堂に消息を聞き、屋部村に萬栄の兄弟姉妹や親類縁者を求めて、芋づる式に訪ね歩いた。なにより幸いであったのは、眉屋六人きょうだいの末娘ツルが健在であったことだ。

彼女は戦後、東京・新橋でやっていた「颱風」という沖縄料理の店を数年前に畳んで、二男兄・萬郎《まんろう》の子で那覇に住んでいた一雄《かずお》のもとに身を寄せていた。子どものいないツルは、早世した萬郎の一粒種の一雄を、わが子として育ててきた。上野が初めて訪ねたとき、彼女は一雄の小学生の孫娘の教科書を借りて、漢字の練習をしていた。

ツルの凜とした対応ぶりに上野は「圧倒されながら、私は、沖縄の真実を、ヤマトンチュに心底伝えずには死んでも死にきれないという、それこそ必死の気魄を、彼女の澄みきった漆黒の双眸に感じた」（『眉屋私記』あとがき）と書いている。

まことにツルの存在なくして、この作品は生まれなかった。それほど彼女の存在は大きかった。ツルは一族の写真や萬栄からの手紙、手記「在外五十有余年ノ後ヲ顧リミテ」を大切に保管していた。それればかりか彼女自身の波乱の半生を綴った「三味線放浪記」という『琉球新報』に連載された切り抜きまで見せてくれた。彼女が書いたようになっているが、新橋の「颱風」に出入りしていた琉球史研究の大御所・東恩納寛惇が聞き書きしたものである。紙上では東恩納は「校閲」ということになっている。上野はこれらの基礎資料すべてを複写した。取材の見通しを付けて、ひとまず筑豊に戻った。

二か月のメキシコ取材

年が明けて一九七八年、いよいよメキシコ、キューバへの取材旅行となったが、キューバへの渡航許可が、最後まで下りなかった。理由はよく分からなかった。そこでメキシコだけとなったが、その時、上野はスペイン語の話せる沖縄の青年・屋宜盛保を同行させている。

写真家の千葉安明の三人でメキシコに飛び立ったのは一九七八年四月二四日のことである。萬栄の手記を手掛かりに、彼の足取りをなぞった。辛酸をなめたコアウイラ州の炭鉱跡や元炭鉱移民の金城福太郎《きんじょうふくたろう》らを訪ね、さらにメキシコ革命のゆかりの土地などを取材し、六月二三日に帰国している。メキシコ滞在中、日本大使館を訪れキューバへの入国申請をしたが、何の返事も来なかった。

帰国するや、さっそく沖縄を訪れ、関係者にメキシコの報告をし、いったん筑豊に戻った。一〇月一五日に再度沖縄へきて、本格的な取材にかかった。翌年の二月半ばまで、四か月に及ぶ長期滞在であった。那覇でのツルからの聞き取りはもちろんだが、屋部の取材で名護市に長逗留することもしばしばであった。このため名護で上野を取り巻く酒好きの仲間もできた。

日頃から「記録文学を志す者は、時間を惜しむな、カネを惜しむな、命を惜しむな」をモットーとした上野らしい徹底したやり方であった。時間はともかく、カネを惜しむなときては、家計を預かる晴子夫人もさぞや大変だろうな、と余計な心配をしたものだ。那覇で素泊まりのホテルに長逗留するときは、出勤前に、家内がこしらえた弁当をホテルに届けるのを日課とした。せいぜい私にできるのは、それくらいのことでしかなかった。

移民と辻売りで紡ぐ

眉屋一族の物語は、萬栄の手記「在外五十有余年ノ後ヲ顧リミテ」と妹ツルの「三味線放浪記」を元に編まれた。一〇章からなる物語は、漢字混じりのカタカナで綴られた萬栄の硬派の手記と、柔らかいツルの語りが交互に展開され、沖縄からメキシコへ、キューバへ、ヤマトから沖縄へと世界を駆け巡る。

物語はまず、「嘉例吉《かりゆし》の渡波屋《とわや》」という序章から始まる。渡波屋は物語の主人公たちの故郷・屋部村の東西の川が名護湾にそそぐ河口に屹立する岩座である。そこは昔からヤマトへ、海外へと出稼ぎに村を去る人々を見送る場所である。嘉例吉はしあわせを意味する沖縄の言葉で、旅立つ人たちの幸せを祈願する場所でもあった。岩座で枯葉をもやし、ヤマトへ向かう我が子の乗った沖行く汽船に「ここが親だよー、ここを見るんだよー」と、声を限りに叫んだのである。

いつごろから渡波屋と呼ばれるようになったのか、あきらかではない。しかし、その頂きに登ってあたりを展望すると、みごとにその体をあらわした名であることがうなずかれる。それというのも、ここに立つかぎり誰しも、さながら彼自身が綾船《あやぶね》のへさきに立ち、いままさに大海原にのりだそうとしているような、心のときめきを覚えるからである。

（『眉屋私記』序章）

屋部に親類縁者を探し求めて訪ねた眉屋取材の初日に、上野を案内して、はじめてこの渡波屋に登ったが、上野自身が「いままさに大海原にのりだそうとしているような、心のときめき」を抱いていたのだ。その意味で、渡波屋は眉屋一族のみならず、上野自身にとっても象徴的な場所であった。文中の「根まわりはおよそ五十メートル。高さは八メートルあまり」とあるのは、一九七九年九月に息子の朱を伴って訪れたとき、彼に手伝わせて歩幅で実測したものである。その執着のほどがうかがえる。

ともあれ、渡波屋は村の内と外を分ける境であった。誰しもが一旗揚げて故郷に錦を飾ることを夢見ながら、再び故郷の土を踏むことなく、異国の土となったのである。眉屋の萬栄もそのひとりであった。

物語は屋部村の山入端萬吉、カマドを両親に持つ萬栄、萬郎、萬五郎の男三兄弟と、ナベ、ウシ、ツルの三姉妹を中心とする一族の話として展開する。貧しさゆえに三兄弟は萬栄のメキシコ炭鉱移民をはじめ、次々と出稼ぎで村を後にする。沖縄からメキシコへの炭鉱移民は、二〇世紀初頭の一九〇五年に二二三人、〇七年に二五〇人が太平洋を渡っている。その多くはメキシコ経由で移民大国・アメリカを目指していたという。コアウイラ州の炭鉱に着く前に、列車からトランクを放り投げ、自らも飛び降りる脱走者が後を絶たなかったというが、萬栄は炭鉱で働いている。上野はその炭鉱労働の過酷さについて、生存者たちから引き出し、当時の新聞資料などで浮かび上がらせている。

やがて砂漠の街にもメキシコ革命の嵐が吹きすさび、否応なしに呑みこまれていく。身に一銭もない萬栄は政府軍の傭兵となる。革命軍に捕えられ、銃殺処刑される直前に、日本人と分かり一命を取りとめる。この辺りは前半の大きな山場である。その後、キューバに渡りドイツ領事館の運転手となり、やはりそこで働いていたドイツ人の女性と恋仲となり結ばれる。しかし、第二次大戦で捕虜となり、戦後、カストロのキューバ革命の年に逝去する。

一方の三姉妹は、ナベ、ウシが那覇の辻遊廓に身売りされ、末娘のツルも姉たちに引き取られ、芸妓として身を立てていく。辻遊廓については、戦前に沖縄の作家・新垣美登子《あらかきみとこ》が「男は花園に遊び、女は地獄に泣く」として『花園地獄』という小説を書いていたが、特異な「花の島」の社会は、外部からは容易にわからない世界である。

しかし、上野はツルの口から次々と記憶の糸を手繰りよせ、辻の共同体社会を描き出している。「花園地獄」を描きながら暗さがないのは、そこに生きる人たちの志情《しなさき》の沖縄的な精神世界と、眉屋再興に夢を託す姉妹の健気な姿があるからだ。

長じてツルは姉たちのもとを離れ、身につけた三味線や箏《こと》の芸を武器に、宮古島、和歌山、奄美大島、東京、千葉などを転々と放浪しながら身を立てる。東京の下町に「鶴屋」という沖縄料理屋を構える。やがて戦争が来て東京大空襲で「鶴屋」は炎上し、千葉県に疎開する。物語はそれを追うようにして、ヤマト社会に生きる沖縄人の姿を写し出す。

沖縄戦が始まり、辻のナベとウシは生まれ島屋部に戻り、母親のカマドを連れてガマ（洞穴）に難を逃れる。しかし、米軍の掃討戦が迫り、ナベとウシが捕えられる。ナベはガマの中に母親がいることを教え、米兵をガマに招じいれる。カマドは祈りを捧げていたが、ナベがアメリカ兵の来たことを告げると、にこりと笑い「やっぱり来たか。萬栄の友人《どうし》が迎えに来てくれたか」と言うのであった。

ナベは一瞬、母は気が狂ったのかと思った。カマドは大事に抱えていた風呂敷包みをほどき、キューバの萬栄から送られてきた手紙や結婚式の写真などを米兵に見せ「これもアメリカー、これもアメリカー」などと喜々として説明。米兵はうなずき、やさしくカマドを抱きかかえるとガマを出た。萬栄の友人が迎えに来ると信じていたカマドは、ついにその日が来た、と嬉しそうであったという。まるで映画の一シーンでも見るような光景である。親族の絆を大切にする志情が、国境や国家を突き抜けて息づく姿を凝縮している。後半のクライマックスといってもいい。

記録文学の視点

上野は取材途中のある日、「事実は小説よりも奇なり、というが、あまりにも話ができすぎているので、私が作り話を書いているのでは、と思われないか心配だ」と話していた。また「一メートルでもよい、想像の羽を伸ばしたいと思うのだが、やっぱり事実にはかなわない」とも語っていた。「事実をして語らしめよ」という記録文学の精神を貫いたものであるが、その「事実」をすくいあげる目がなければ、単なる事実でしかない。筑豊炭鉱の闇の世界から、地上を見続けてきた上野ならではのことである。

移民と辻売りという近代沖縄の底辺を貫く二つのテーマによって、そこに息づく民衆の姿を映しだしたのである。初版が刊行されて後、多くの評者が「沖縄の近代史に初めて路地裏のアンマーたちが登場した」と評したのもこのためであった。それも顔の見えない「へのへのもへじ」の民衆像ではなく、名前を持ったひとりひとりの人間をとおして描き出された。眉屋一族の歴史は、近代の沖縄民衆の体験であり、歴史であった。

本書の表題の『眉屋私記』は、上野の謙遜に出た表記と、眉屋一族の私記という二重の意味が込められているかと思うが、私は眉屋一族を通して沖縄民衆の歴史を記録したという意味で『眉屋史記』と受け止めている。ちなみに本書が地域の人たちに共感・共有された事例として、本書が高等学校の教師によって自主教材化され、授業で取り上げられたこと、いま一つは、本書がきっかけとなって、屋部字誌《やぶあざし》の編集事業が行われたこと、さらに沖縄タイムス社の出版文化賞を受賞したことをあげておきたい。

教材化は、北部工業高校の上原昇、岸本豊秀の両教諭によって取り上げられ、難解な文章ではあったが、いくつかの章のなかから文章を抜粋して読み合わせが行われた。屋部村を後にした萬栄たちが、さまざまな困難を乗り越えて生き抜く様子を、生徒たちに伝えようとして取り組まれた。

字誌の編集事業は、一九八四年四月一日『眉屋私記』の出版祝賀会が、屋部公民館で村民百人余が参加して開かれた際、提案され発足している。それは『眉屋私記』が屋部の歴史を書いているにもかかわらず、自分たちの知らないことが多すぎる、村民自身が地域の歴史を知らねばならない、ということにあった。上野はその編集委員会の顧問ということになった。字誌『屋部ひとびととくらし』は、二〇〇二年に屋部区から刊行された。

沖縄タイムス社が主催する出版文化賞の受賞は、一九八四年、第五回の正賞である。それも選考対象著作二一六点の中から決まったものであった。

未完の戦後編

『眉屋私記』の最後は「彼ら眉屋一族の戦後における苦難の歩みについては、もし許されるならば、いつの日にか稿を改めて書きとどめたいと思う」と締めくくられている。

『眉屋私記』の戦後編である。これについては「戦前編」の取材のころからすでに構想していたようで、取材も並行して進めていた。ただ、心残りはキューバ取材が果たせなかったことと、萬栄の一人娘マリア・ヤマノハの行方が、杳としてつかめなかったことである。

それにもかかわらず、「戦後編」への望みは捨てきれなかった。『眉屋私記』刊行の後、筑豊での仕事が控えていた。『写真万葉録・筑豊』（葦書房、一九八四〜一九八六年）の編集である。有名・無名の写真家たちが捉えた膨大な筑豊の写真を、全一〇巻に編集する作業である。写真家の岡友幸《おかともゆき》と共に、編集作業に取り組んでいたが、それが一段落した一九八七年一月二日、岡を伴って沖縄を訪れた。拙宅で親しい人たちを集めて新年会を催した。戦後編取材の再開を期待していたが、上野はなぜか元気がなかった。

翌月の二二日、九州大学附属病院に入院し、検査の結果、食道がんとわかった。治療の効果が上がり、食道がんはなくなり退院。さっそく戦後編の資料準備にかかり、連載を予定していた岩波書店の雑誌『世界』の担当者と八月二三日、沖縄を訪ねることになった。ところが、出発のその日、激しい疲労感を覚え自宅で倒れた。輸血のため近くの鞍手《くらて》病院に入院し、以後病床に伏すことになる。がんが転移していたのだ。そして一一月二一日、六四歳の生涯を閉じた。

不思議なこともあるもので、死後一年近くたった一九八八年九月、上野があれほど探し求めていた萬栄の一人娘マリアとその娘二人が、アメリカはフロリダのマイアミに健在であることが判明した。二人娘の長女・エリザベッツが経営するビア・レストランに、沖縄から旅行に来ていた山城という女性が偶然、客として訪れた。エリザベッツがヤマノハという沖縄姓であることに気づく。尋ねたところ祖父が山入端萬栄だという。沖縄に帰った女性は、電話帳からツルたちの所在を探し出し、連絡が取れた。

ちょうどこの年の一二月一〇日に「上野英信さん一周忌の集い」が、那覇市内で計画されていた。マリアとエリザベッツの二人は、それに合わせて沖縄に来ることになった。誰よりも喜んだのは、ツルである。一〇月八日、那覇空港に二人を出迎えたツルは、満面に笑みをたたえてマリアを抱きしめた。二人は初対面なのに、一瞬にして打ち解け、心を通わした。「一周忌の集い」には、筑豊から晴子夫人や朱、記録文学の同志・川原一之らも同席した。

翌日、マリアたちは、ツルたちの案内で屋部村の屋敷跡や、浜に面した眉屋一族の墓に詣でた。誇らしげにマリアの手を引いて歩くツル。かつて母親のカマドが戦時中のガマの中で、アメリカ兵に「萬栄の友人が迎えに来た」と笑みを浮かべた姿がオーバーラップした。その時、私は眉屋の戦後編はここに完結した、と思った。上野は自らの一周忌に、マリアたちを招きよせ、長い長い眉屋の物語を、劇的に完結させたのである。やはり「事実」には、私たちの想像を超える何かがあるのだろう。

（二〇一四年）

那覇空港で萬栄の一人娘マリア・ヤマノハ（左）と初めて対面したツル

ツルと一緒に「里帰り」したマリアと娘のエリザベッツ（左から４人目）

『眉屋私記』のヒロイン・山入端ツルのこと

ある老学者との出会い

　海山も渡て　きゆやこの島に
　　着きゆる飛鳥のあはれ語ら

「山入端節」という琉歌の出だしの一節である。六番まであるこの歌の四番には、次のような一節がある。

　島々よ渡て　夜も暮れて行きゆさ
　　胸のわが思ひ　はたすやすが

島々を渡っているうちに、いつしか夜も暮れてゆく。胸のわが思いを果たすことができるであろうか……。三味線一丁を手に、世の荒波を渡ってきた山入端つる（つるの名は戸籍上は「ツル」。本稿では、後述の「三味線放浪記」にちなみ「つる」と表記する）の人生行路をうたったものである。つるの作ということになっているが、実は沖縄研究の泰斗で、歴史学者の東恩納寛惇が詠んだものである。一九五九（昭和三四）年一〇月の作である。

そのころ寛惇は、拓殖大学附属第一高等学校の校長をしていた。妻に先立たれた孤独の身を、東京・新橋の琉球料理の店「颱風」に通って慰めていたようである。通ううちに「颱風」のおかみであるつると親しくなり、やがて寛惇は、彼女の生きざまに心を打たれ、その話を綴ることになる。題名を「三味線放浪記」とし、『琉球新報』に連載した。つるの口述を筆記したもので、今日でいう「聞書き」である。

実証主義史学を地でいくような厳格な寛惇にしては、めずらしく主観的で情緒的な文章である。それまでのものとはおよそ文体を異にするが、つるの語り口に忠実になろうとしたのであろうか。とはいっても寛惇らしいくだりが散見される。

連載は一九五九年一〇月五日から三六回にわたった。ところが連載の時の執筆者名は山入端つるとなり、寛惇は「校閲」ということになっている。そのいきさつについては、当時の編集局長であった池宮城秀意《いけみやぐしくしゅうい》が「嵐と焔――新聞記者四十年」（池宮城秀意セレクション『沖縄反骨のジャーナリスト』ニライ社、一九九六年）のなかで、次のように書いている。

H教授は長年連れ添うた夫人を失って戦後も帰省しようとはしなかった。戦禍に荒れ「国破れて山河無し」。その上にアメリカ軍政下にある沖縄に帰れるものか、と頑として郷党の者たちの勧奨を聞き入れなかった教授が、八十歳に手の届く頃になって熱烈な恋愛に燃えてしまった。かつて有名な中国文学者で東大名誉教授だった塩谷温がこれも名のある女流文学者と愛し合い「老いらくの恋」とジャーナリズムに書き立てられたことがあったが、H教授もその轍《てつ》を踏んだのであった。

H教授がどういう機会にその女性と知り合ったかわからないが、その女性は戦後南洋からの引き揚げ者で、サイパンを中心に渡世したと言われていた三味線ひきの女芸人であった。戦後、私が琉球新報の編集局長のとき、親泊社長から分厚い原稿の綴りを渡された。

「これを読んで適当に処理してくれ。実はこの原稿をどうしたらよいか困っているんだ。Hさんからこの原稿を預かったんだが、先生の娘さんからはその原稿は新聞には出さないでくれと言ってきているんでねエ」

親泊社長はH教授親子の板ばさみになって、私に下駄をあずけたというわけである。読んでみると面白い。ところがそれは筆者となっている女性の書いたものではなしに、間違いなくH教授の執筆したものであった。H教授は稀に見る文章家で彼の『童景集』は名著ということになっていた。彼のいろいろの論作は沖縄の新聞に発表されていたし、私には直ぐに読みとれた。

「これはH教授の筆で、この女性の書いたものではありません、どうしましょうか。これでは通りませんよ」

「君に任せたんだから、君のいいようにしなさい」

親泊社長と私の間でそのような話が交わされた。

私はH教授へ手紙を書いた。

「送っていただいた原稿はなかなか面白いが、作者があの女性ということでは読者をだますことにもなるし、また、それでは通用しません。H教授校閲ということであれば、連載してもよろしいと思います」

早速返事がきて、よろしく頼むということになり、「三味線放浪記」のタイトルで学芸欄に出したら、ひどく好評であった。

ここに登場するH教授とは、東恩納寛惇のことである。また「戦後南洋からの引き揚げ者で、サイパンを中心に渡世していたと言われていた三味線ひきの女芸人」と書かれているのがつるである。ただし「言われていた」とある「南洋からの引き揚げ者で、サイパンを中心に渡世した」というくだりは事実ではない。

それはともかく家族のものから「原稿を新聞にのせないでほしい」という申し出の苦肉の策として寛惇を「校閲」ということにしたのである。この点について、後につるたちの話をもとに『眉屋私記』を著わした上野英信は、その「あとがき」で次のように書いている。

……ツル女の告白によれば、東恩納氏は校閲の役を担当したのではなくて、みずからすすんで彼女の話を聞き、親しく筆をとってこの異色の物語を書いたのであるという。それにもかかわらず作者としての名を伏せ、あえて「校閲・東恩納寛惇」と偽ったのは、この高名な沖縄史学者の体面を傷つけまいとする、周囲の者の気づかいからであろう。「わしが書いたのに、なぜわしの名を出さないのか」と不満をもらしながらこれを書きおえたあと、東恩納氏はツル女に向かって、「この次には萬栄にいさんのことを書かせてもらおう。それとこれとを合わせて一冊の本にまとめれば、新しい沖縄の近代史ができるぞ」と語ったという。

（『眉屋私記』あとがき）

原稿が果たしてつるの名前であったか、寛惇の名前であったか、今となっては確かめる術もないが、それはたいしたことではない。はっきりしているのは、つるが語り、寛惇がそれを書いたという事実である。

池宮城の先の話には、後日談がある。前引の「嵐と焔」の中で、次のようなエピソードを紹介している。

上京した折、東恩納にお礼かたがた表敬したいと東京総局（琉球新報東京支社）を通して面会を申し出たところ、新橋の小料理屋に来てほしいという返事。それがつるがやっていた「颱風」である。そこで寛惇は座敷につるを呼んで「彼女が作った歌をきいてくれ」とつるに三味線をひかせ、うたわせた。ところが自作自演のはずの彼女が、歌の文句を忘れていた。すると一緒にうたっていた寛惇が、歌の文句を次々にリードしていた、という。

池宮城は「傍らで聴いている私たちは教授の嘘が見えすいていたが、笑いだすわけにもいかなかった。むしろ教授の心情がいじらしく可愛くなった」と感想を述べている。また、「颱風」のことを「夫人を失った後のわびしい教授には知られていなかった桃源郷であったにちがいない」とも述べている。

紹介されている「彼女の自作自演の歌」というのが、冒頭で紹介した「山入端節」である。文中にもあるように、新聞の連載は好評であった。が、寛惇の親類縁者からは好ましく思われなかった。老学者の「老いらくの恋」に理解を示すほど沖縄の社会はまだ成熟していなかった。那覇市内で余生をおくるつるの手元には、寛惇が書き贈った掛け軸が残っている。

青き山清き流れの山原は
風香ぐわしく人美しき

格調高い筆墨でつるの故郷・山原を讃えた短歌である。それを寛惇のかたみとして、東京から引き揚げるときに大切に持ち帰った。そればかりではない。鏡台と指輪も贈られた。鏡台は台の部分が破損してなくなり、今では鏡の部分だけとなっているが、それでもつるは大事に使っている。寛惇はまた自分が使っていた硯箱もあげる約束をしていた。「私は筆は使わないので……」と辞退するが「そばにあればいつでも練習ができるから」と言っていたという。しかしこれは手渡されぬうちに、寛惇は亡くなった。

後年、那覇の栄町で暮らすつるのもとへ、寛惇の孫娘の島袋陽子《しまぶくろようこ》が東京から訪ねてきた。彼女は祖父の手になる『三味線放浪記』（ニライ社、一九九七年）を読み、つるの生きざまに感動。一目でもつるに会ってみたいとの気持ち抑え難く、門をたたいたのである。つるはそんな陽子を温かく迎え、寛惇自筆の山原賛歌の掛け軸を掲げ、鏡台やすき焼き鍋まで持ち出して、思い出を語り聞かせた。陽子は学者で堅物のイメージの強い祖父の人間的な側面を知り、改めて心打たれたようであった。

つるの話によれば、寛惇は彼女と一緒に東京を引き揚げ、彼女の姉のいる那覇か、郷里・屋部村に家を構えて暮らす約束をしていた。ぼう大な寛惇の蔵書も名護市に寄贈する、と話していたらしい。気むずかしい次姉のウシも、つるが寛惇と一緒に帰ってくることを喜んでくれた。つるは引き揚げる準備にかかった。ところがその約束を果たさぬうちに、一九六三（昭和三八）年一月、寛惇はあの世に逝ってしまった。

寛惇がつるに語ったという屋部への引き揚げや、蔵書の名護市への寄贈については、思い当たるふしがある。一九五六年に戦後初めて帰京した寛惇は、焦土と化した沖縄に郷土の貴重な歴史文献資料が残っていないことに心を痛め、五〇年にわたって自ら集めた蔵書およそ一万冊を沖縄に贈ることを決めていた。その受け入れについて民間有志の人たちが東恩納文庫設立準備委員会をつくって寄付を募ったが、なかなかうまくいかない。

当時の琉球政府が補助金を出すことでようやくめどがたった。寛惇は文庫設立の準備をするため、勤めていた拓殖大学に辞意を表明したが、大学側の理事会は「まだ文庫ができたわけではない」と辞表を保留にし、大学は休講の形にして代わりに付属高校を見てくれ、と校長の椅子を与えて待機となっていた。

ところが地元沖縄では、琉球立法院にひっかかって埒があかず、補助金が暗礁に乗り上げてしまった。寛惇にとっては思いもかけぬことで、そうとうに頭を悩ませていたようである。一九六〇年八月一五日の『琉球新報』に寛惇は「東恩納文庫よいずこへ行く」という一文を寄せ、心境の一端を書いている。

私はこの文章を書いていながらも、これだけ貴重なカケガエのない民族文化の宝物を東京のような熱閙《ねっとう》の巷に放置して万一の事があったらどうしようと気が気でない。一日も早く安全を期する施設の中に移さなければと焦慮している。それにも拘わらず地元の態度が

東恩納寛惇直筆の掛け軸を背に
右から山入端ツル、寛惇の孫娘・島袋陽子、ツルの養子・一雄

あまり煮え切らないので、私自身業を煮やし、一層の事、一切をご破算にして、東京で適宜の処置を講じようかといった気持ちにもなりかねない心境にある。

いっそのこと文庫建設計画をご破算にして、適当に処置しようか……という寛惇の胸中に、あるいはつると一緒に屋部に引き揚げ、蔵書を名護にでも……という考えがよぎったのではないか。結局、寛惇は文庫の完成を見ることなく、あの世に逝くことになる。

辻に身売り、そして放浪の旅へ

さて、「三味線放浪記」は、こうした文庫建設問題に揺れていたころに書かれた。三六回の短い連載ではあったが、つるの半生を綴った文章は、近代沖縄女性の歩みを記すものとなった。

ここで『三味線放浪記』から、つるの足跡をたどってみる。

一九〇六(明治三九)年の山原の屋部村で男三人、女三人きょうだいの末娘として生まれたつるは、八歳の時に父を亡くし、貧困のどん底に突き落とされる。一一歳の時に親類筋の地頭代の家に身代金つきで奉公に出され、一番上の兄・萬栄はメキシコの炭鉱に移民として出郷、二男、三男も次々と大東島《だいとうじま》や大阪に出稼ぎにゆく。また、姉の二人も那覇の花街・辻に身売りされていく。兄たち三人の渡航費用は、女きょうだいの身売りの前借金であった。

やがてつるも一三歳で姉たちのいる辻町に身売りされていく。長姉ナベのもとに身を寄せる。つるはアンマー（女将）のナシングヮ（産みの子）ではなかったので、芸事を習うことを許されなかったが、興味抑え難く裏口から抜け出して三味線を習いに通う。その熱心さと上達ぶりが認められて、芸妓として成長する。自分の芸に自信をつけたつるは、一九の春に身の回りの品を風呂敷にくるんで辻を出奔する。辻には六年間いた。彼女の三味線放浪の旅がこうして始まる。

宮古、大阪、奄美、那覇、そして東京と三味線片手に職を転々としながら世を渡っていく。仕事も料亭の女給、モス

辻にいたころのツル（19歳）

リン工場の女工、豆炭屋、パナマ帽の仕上工、一杯呑み屋とさまざまである。仕事は種々であったが、そうしたなかでも三線（沖縄の三味線）を手放すことなく、いつも弾き続けた。時にそれが身を助けてくれた。東京の料亭「おきな」で働いていたころ、つるの評判をきいた松竹から琉球民謡のレコーディングの申し込みがあり、初めてレコードを出している。

東京八丁堀で一杯呑み屋「鶴屋」をやっていたころ、早世した兄たちの子を東京で勉強させてやろうと考え、二兄・萬五郎の娘小枝子《さえこ》と三兄・萬郎の子一雄を引き受けて、親子同然の生活が始まる。一雄は眉屋の跡取りであったので、つるは責任を感じていた。

太平洋戦争が始まると、つるたちは千葉県山奥の亀山《かめやま》に疎開している。お寺の一間を借り、畑仕事で自給自足の生活をおくる。疎開生活は一年間ほど続いた。やがて沖縄に米軍が上陸し、全滅したとの報に接して辻の姉たちのことを思い、さめざめと泣いた。そして敗戦を迎えた。

関東で琉球芸能普及に貢献

疎開先での生活を切り上げ、東京に出ることにした。そのとき、つるの頭にひらめいたのは、やはり芸能のことであった。千葉から東京墨田区の平川橋《ひらかわばし》に一戸を求めて住んだが、芸能の打ち合わせなどで川崎に出向くことが多くなり、居を同地に移す。一九四八（昭和二三）

年ごろのことだ。

神奈川県の川崎や鶴見には戦前沖縄から工場労働者として出稼ぎにきた二、三千人がそのまま住みつき、一つの集落をなしていた。そこでは沖縄芸能も盛んだった。

川崎に於ける琉球芸能の歴史は、一九二七（昭和二）年に、阿波連本啓《あはれんほんけい》が「阿波連郷土舞踊同好会」の看板を掲げ、県出身者を集めて始めたのが嚆矢《こうし》といわれている。戦後になって米《こめ》須清仁《すせいじん》らが中心となり、それに鹿児島に疎開していた野村流師範の池宮喜輝《いけみやきき》、舞踊の大家・渡嘉敷守良《とかしきしゅりょう》らが加わり隆盛をみせる。つるも渡嘉敷守良、池宮喜輝の両師匠から古典を仕込まれた。彼女は乞われて地方《じかた》をつとめた。川崎沖縄芸能研究会が結成されたのもその頃のことである。

一九四八年三月、読売ホールで平良《たいら》リエ子、児玉清子《こだまきよこ》のコンビによる芸能公演が三日間にわたって開かれたときも、地方をつとめた。

つるには地方としての誇りがあった。琉球舞踊は踊り子と地方によって成り立つが、えてして踊り手のみが注目され、地方は軽視されがちであった。しかし地方がいてこそはじめて踊り手は舞うことができる。地方なしに琉舞は成り立たない。わかりきったことだが、地方を頼みに来る人の中には、いつでも簡単に来てくれるものと軽くあしらう人もいた。そんなときつるは地方を断っている。彼女のプライドが許さないのだ。

マッカーサー夫人の主催する会に招かれて、児玉清子の踊りの地方をつとめたことも忘れられない。また日本舞踊西崎流家元の西崎緑は、渡嘉敷守良に弟子入りしていたが、琉舞を歌舞伎座で舞ったときも、地方をつとめた。西崎はまた、つるのよき理解者であった。

とにかくそのころ地方はほとんどおらず、つるは西へ東へと多忙な日々をおくる。こうした活動が認められ、川崎文化協会から感謝状をもらっている。沖縄芸能は全国でもめずらしく、一九五二（昭和二七）年に川崎沖縄芸能研究会が川崎市の無形文化財に指定され、一九五四年には神奈川県が県の無形文化財に指定した。つるたちの活動が大きな支えとなっていた。

一九五七（昭和三二）年、つるは東京の新橋駅近くに琉球料理店「颱風」を構える。生活の独立によって、芸能もまた成功させることができる、と考えたからだ。店の名はそのころ宮古島から出た泡盛の銘柄からつけた。

店には沖縄出身者や、在京の沖縄を愛する人たちが足を運んだ。沖縄に対する偏見や差別がまだはびこっていた時代である。心の安らぎを求めて学生たちや、日本復帰運動の活動家、沖縄や奄美の出身者や学者、文化人なども来ていた。また、在京の県学生や郷友会の集会の場としてもよく利用され、沖縄民謡や三線の音が夜遅くまで絶えなかった。そこは沖縄出身

東京・新橋で琉球料理屋「颱風」の女将をしていたころのツル

者にとっては、まさに〝東京砂漠〟のオアシスであった。

寛惇が「颱風」に通うようになったのもそのころである。寛惇は波乱に富んだ彼女の来し方を聞くうちに、あたかも近代女性史の一側面を見る思いがしたに違いない。それにつるへの思いも重なっている。しかし前述のように、沖縄の屋部に引き揚げて二人で暮らす約束は、寛惇の死によってついに実現することはなかった。つるはその後、一〇年も「颱風」を続け、在京の郷党たちをふる里の香りで慰めた。

沖縄の姉たちとの交流は、戦後しばらくは途絶えていたが、一九五〇年代の終わりごろに音信があり、一度、里帰りし、二人の姉たちの健在を確認している。三人の兄たちのうち、戦前に逝った二兄の萬五郎、三兄の萬郎についで、一九五九（昭和三四）年には長兄の萬栄がキューバでこの世を去る。ドイツ人女性と結婚した萬栄には一人娘のマリアがいたが、つるは写真で見ただけであった。

長年住み慣れた関東から那覇に戻ったのは、一九七四（昭和四九）年秋のことである。つるは「颱風」を引き払い、日本復帰間もない沖縄に戻ってきた。六八歳のときである。荒波の航海を終えて母港に戻ってきた船が、ひっそりと船体を休めるような穏やかな日々を那覇の栄町でおくる。時に一雄の孫娘の通う近くの大道《だいどう》小学校の生徒たちに三線を教えたり、その孫の教科書を借りて、漢字の筆写にいそしんでいた。

『眉屋私記』の誕生

そんなある日、筑豊の記録作家・上野英信がひょっこり訪ねてきた。眉屋の一族の歩みを取材するためである。きっかけはつるの長兄・萬栄が著わした『わが移民記』という小冊子である。この冊子は元琉球新報記者の志良堂清栄が、一九六〇（昭和三五）年に萬栄の手記「在外五十有余年ノ後ヲ顧リミテ」をもとに編んだものである。一九六〇年といえば「三味線放浪記」が連載された翌年のことである。ちょうど同じころに、東京で寛惇は妹つるのことを書き、那覇では清栄が兄萬栄のことを書いていたことになる。

萬栄は一九〇七（明治四〇）年に眉屋一家の運命を背負って、メキシコに炭鉱移民として渡っている。明治期に沖縄からなんと一二〇〇人もの人たちが移民として太平洋の荒波を渡っていたのだ。

筑豊を中心に炭鉱労働者の記録を綴っていた上野にとって、それは驚きであった。というのは一九六〇年代にエネルギー資源が石炭から石油に変わるなかで、筑豊をはじめとする九州の炭鉱が次々と閉山に追い込まれていくが、その追われゆく坑夫たちを一九七四（昭和四九）年南米各地に訪ね歩いた上野にとって、それよりも半世紀も前に炭鉱移民が存在したということは、大きな発見でさえあったのである。

さらに妹たち三人が、これまた貧困の故に次々と辻に売られていくさまは、萬栄のことに劣らぬ衝撃を上野に与えた。移民と辻売りという近代沖縄の歴史を駆使して、上野は沖縄の民衆の生きざまを描く。筑豊から沖縄に来て、つるのもとに通う日々が五年余も続いた。そのなかで、彼女は「三味線放浪記」の新聞連載の切り抜き帳を上野に見せている。

『眉屋私記』が出版されたのは、上野が初めてつるを訪ねたときから一〇年後の一九八四（昭和五九）年のことである。『眉屋私記』は沖縄近代史のなかで、民衆に光を当てた作品として注目を集めた。近代沖縄をよぎった嵐の中で、ひっそりと肩を寄せ合って生きる姉妹たちの姿を、あたたかいまなざしをもって描いている。とりわけつるの存在は大きい。彼女はこの小説で再び注目を集めた。

上野がつるを初めて訪ねる少し前、つるは不思議な夢を見ている。

ある日、私は東恩納寛惇先生の夢を見ました。私が寝ている横に、寛惇先生が現われ後ろ向きにすわって、何か言っておられましたが、私にはよく聞きとれませんでした。ちょうど同じころ、屋部の萬五郎屋の小枝子からも「寛惇先生の夢を見たよ」と言って電話がありました。寛惇先生は「頼むよ」と言っていた、と言うのです。小枝子は寛惇先生に会ったこともないのに、へんだね、と不思議に思っていました。

（「あの世でお会いしましょう」追悼文集『上野英信と沖縄』ニライ社、一九八八年）

なぜ寛惇は夢に現れて「頼むよ」と言ったのか。実は、寛惇はつるの「三味線放浪記」を書いたあと、「この次は萬栄兄さんのことを書こうね。そして二つまとめて本にしようね」と話していたが、萬栄のことを少し書きかけたころに亡くなったのである。その思いを果たすため夢に現れ、近く取材に訪れる上野のことを予告するかのように「そのときは頼むよ」と山入端家の人たちに協力を頼んだのである。上野は寛惇について書いている。

もしこれが実現していれば、きっと東恩納史学に新生面がひらけたであろう。しかし、残念ながら彼はツル女との約束を果たせないまま、一九六三年、満八十歳をもって孤高の生涯をとじた。そしていまごろになって、私ごとき浅学菲才の文学の徒が老大家の果たせなかった仕事をうけつぐ結果になったのは、運命のいたずらというほかはあるまいが、さぞかしあの世で「これでは沖縄の近代史にならん」と悲憤し、太い眉をしかめていらっしゃることだろう。

（『眉屋私記』あとがき）

一族の人々の絶大な協力を得て、上野は『眉屋私記』を著わしたが、これをまとめるにあたって上野が心残りにしていたことが一つある。萬栄の一粒種のマリアたちの行方がつかめず、キューバでの取材が叶わなかったことである。上野はいつの日にか彼女たちに会って取材できることを夢見て、病床の枕元にまでスペイン語の辞書を置いていた。しかし果たすことができず、一九八七年一一月に亡くなった。

ところが、上野の死後しばらくしてからマリアたちがアメリカ・フロリダ州のマイアミに生きていることがわかった。そしてつるたちとの劇的な対面が実現する。それも上野が亡くなって一周忌の追悼集会が那覇で開かれた一九八八年一一月のことである。

マリアは二人娘の長女・エリザベッツを伴って訪れた。キューバ生まれの彼女たちは、日本語を話せない。それでもつるは、初めて見るマリアをわが娘のようにいとおしみ、屋部の屋敷跡やお墓へ引き回した。マリアたちを案内する彼女に私もお伴したが、つるはいかにも嬉しそうで、誇らし気でさえあった。霊前で香をたき、手を合わせているマリアの表情は、いつしかウチナーアンマーの顔になっていた。

幼い日、辻に身売りされたつるに、姉のナベが「いつか三人で眉屋を取り返そう」と言って慰めたという言葉が、私の脳裏をかすめた。眉屋の家こそ建てなかったが、その一族は世界に広がり、見事に再興を果たしたのである。つるもおそらく、これで先祖への申し訳ができた、という気持であったろう。

『三味線放浪記』からやがて四〇年が流れようとしている。山入端つる、今年（一九九六年）九〇歳。なおかくしゃくとして、沖縄の大地でたくましく生きている。

（一九九六年）

出版とその後

『眉屋私記』が出版された年（一九八四年）の三月三一日に那覇で、翌四月一日に屋部で、それぞれ出版祝賀会が開かれた。この祝賀会に出るため上野は、はじめて晴子夫人を伴って沖縄を訪れ、ツルをはじめ関係者にあいさつ回りをした。那覇での出版祝賀会には、作家の大城立裕《おおしろたつひろ》や、大田昌秀琉大教授らも姿を見せ、にぎわった。

上野は、その時のあいさつのなかで「私は沖縄を書く資格のないことを重々承知しているつもりです。しかし、沖縄を避けて通れないことも知っているつもりです。でも、私は私のように沖縄を知らない本土の人たちに、なんとか沖縄を伝えたかった」と述べた。

一方、屋部での祝賀会は、会場にあてられた屋部公民館に、百人余の村民が集まり、村に伝わる独特の伝統芸能を青年たちが披露して祝福した。主催者を代表して比嘉一弘《ひがかずひろ》区長が「われわれの祖先が移り変わる時代の波にもまれながら生き抜いたさまを、これほどまでに感動的に描いた本はない。屋部の区史ともいえる本です」と歓迎の言葉を述べた。

上野は「きょうはエイプリルフール。こんなに歓迎されるとは夢ではないかとさっきから体をつねっています。こんなことを書きやがって、と村に入ることを阻止されるのではと思っていましたのに……」と感激の面持ち。「許されることなら、この戦後編も書いてみたい」と述べている。

参加者からは屋部の字誌編纂の計画が提案され、上野を〝最高顧問〟にすることになり、上野も「屋部出身として頑張ります」と宣言し、拍手を浴びた。実際、この時を期に、屋部字誌の編纂事業がスタートし、屋部区にとっては意義ある催しとなった。屋部にはそれを支える名護市史の編集事業がすでにあったとはいえ、『眉屋私記』が、眠っていた屋部の人々の歴史意識を大いに刺激したことは否定できない。

屋部字誌の編集事業は、一九八八年現在も精力的に村の人たちによって進められている。上野はこの刊行の二年前（一九八二年）から、筑豊に関する最後の仕事となった『写真万葉録・筑豊』（全一〇巻）の写真収集に奔走していた。しかし、『眉屋私記』は完結したわけではなかった。上野も言うようにその「戦後編」が残っていた。

『眉屋私記』の最後の文章で上野は「彼ら眉屋の一族の戦後に於ける苦難の歩みについては、

『眉屋私記』出版祝賀会で挨拶する上野英信
（1984 年 4 月 1 日、屋部公民館）

もし許されるならば、いつの日にか、稿を改めて書きとどめたいと思う」と結んでいる。実際、戦後編の取材も戦前と同時に進められており、あとは補足的な取材が残されているだけであった。

『写真万葉録・筑豊』の仕事は、三巻ほどの予定が、収集しているうちにぼう大な量となり、ついに全一〇巻という大仕事となった。結局この仕事が一段落ついたのは、一九八六年の暮れのことで、あしかけ五年の歳月を注ぎ込んでいる。長年の仕事だっただけに、それにかける執念もすさまじかった。

私は一九八六年の九月、仕事で九州に出張したとき、筑豊文庫を訪ねた。上野は最寄りの駅まで出迎えてくれた。「いやあ、いい時に来てくださいました。ちょうど万葉録の第一〇巻の原稿を出し終えて、ホッとしているところです。今日は完結祝いをやりましょう」と言って、近くに住んでいる版画家の千田梅二《せんだうめじ》を招き、久しぶりに酒を呑んだ。晴子夫人も大仕事が終わって、ホッとしていた。その時、上野は「これが済めば、また来年から沖縄に行きます」と話していた。「いよいよ眉屋の戦後編ですね」と私もうれしくなり、夜のふけるのも忘れて呑んだ。

最後の沖縄行き

その年（一九八六年）の暮れ、大晦日に上野から電話がきた。

「正月二日にまいります」

沖縄に来るときは、いつも突然なので、私は別に驚きもしなかったが、那覇空港に出迎えたときは、びっくりした。顔が土気色で、やつれていたからである。「どうしたんですか」と、会うなり私はきいてしまった。「いや、少し歯が痛いもんだから……」と、静かに笑っていた。『写真万葉録・筑豊』の仕事の疲れが、ここにきてどっと出たに違いない、と判断した私は「ゆっくり沖縄で休んで行ってください」と進言した。

その夜、仲程昌徳、新里幸昭ら数人が私の家に集まり、上野と同行の写真家・岡友幸を囲んで新年会をやった。上野は私の家に入るなり「風呂に入りたい」と言う。暮れから元日にかけて来客が引きも切らず、風呂に入るひまさえなかった、とか。ひとつ風呂あびて浴衣に着替えた上野は「さっぱりしました」と言いながら、庭に面した雨《あま》はじに腰掛け、しばらく庭を眺めていた。その姿が、なんとも寂しそうであった。

酒座に入ってからも、泡盛以外の料理にはほとんど手をつけなかった。ややあって「これからの皆さんの仕事について、それぞれの抱負を話してください」と述べ、ひとりひとりの抱負にうなずいていた。一巡すると「どうかみなさんの希望がかなえられますように祈っています」と言う。いつもと違う改まった口調に、私はおやっと思ったが、さして気にもしなかった。

また私の妻に「奥さん、歯が痛くて物が食べられないので、おかゆをつくってください」と頼み、おかゆができあがるのを待って、酒座を離れ台所の食卓に腰掛けていた。妻が後から話したところによると、めずらしく晴子夫人の話をされ、「晴子がよくやってくれるので、感謝しています」と言ったとか。十年余つきあって、そんなこと一度も話されたことがなかったのに、と妻も首をかしげていた。

おかゆを一口流し込むと、たちまちノドにつかえてしまった。それっきりおかゆに手をつけることはなかった。

翌三日、上野は北部に屋部を訪ねた。萬五郎屋のおばあの八五のお祝いに出るためである。これまでも萬五郎屋の小枝子の葬式、その娘のゆり子の結婚式、あるいは清明祭《シーミー》など、慶事、弔事には出席している。その日も萬五郎屋の中庭に張られたテントの中で、村人たちと共に祝っている。

その翌日那覇に戻り、上野はツルを訪ねてあいさつした。嫁の文子が「再来年は母も八五を迎えますので、その時はよろしくお願いします」と言うと、「さあ、その時まで生きていますかね」と言ったという。はじめ自分のことかと思ったツルは、上野のことだと知ると「なにをおっしゃいますか。八五の私も元気だというのに」とたしなめたという。その日、ツルと上野は、眉屋の五人きょうだいの写真の飾られた下で、記念撮影をした。岡友幸の撮った写真が、最後の写真となった。

それから一か月後、上野は九州大学附属病院にがんで入院したと聞いて、がく然とした。正月に来沖したとき、上野はすでに自分の病気を知っていたのだ。思い返せば、あの時の行動は、別れのあいさつをしに来た、としか言いようがない。しかもそのことを一言も話されない。なんという強靭な意志であることか……。

三月一九日に仲程らと九大病院に見舞ったとき、強烈な放射線治療で、がんと闘っていた。意外に血色もよく、明るかったのでホッとした。「眉屋の戦後編が待ってますよ」と皆から励まされると「やらんといけませんね」と言う。晴子夫人によれば「沖縄からみなさんがいらしたおかげで、ようやく意欲がでたようです。原稿のことなど口にするの、入院以来、はじめてのことです」とのことだった。

五月二二日に退院、との連絡を受けたとき、ついに上野の意志はがんに打ち克ったのだ、と思った。食道がんはレントゲンから姿を消していた、という。退院した上野は、さっそく眉屋の戦後編にとりかかっている。一刻を惜しむかのように筑豊文庫近くの泉水の仕事場に弁当持参でたてこもり、終日資料に目を通している。そこは自宅から歩いて二〇分ほどのところにある。私も一度、案内されて訪れたことがある。もとは在日朝鮮人のおばあさんが一人暮らしをしていたらしいが、亡くなった後で借り受けたそうだ。「老泉庵」と名付けられた二間ほどの平屋である。周りが樹木に囲まれた質素な家で、部屋の机の上の一輪挿しに、花が活けてあった。まるで茶室の趣であった。

岩波書店の月刊誌『世界』での連載も決まり、いよいよ八月二三日に編集者を伴い、沖縄に来ることになった。「これで軌道に乗ることができた」と私は安堵した。ところがあいにく八月中旬から私は、会社の仕事で中国取材旅行に出かけることになっていたので、そのことを伝えると「帰りを沖縄で待っている」と言う。「あまり無理をされず、体力をつけてから来られては」と進言したが、「とにかく、一度、沖縄のみなさんに顔を見せなければ。私が治ったと言っても、信じてもらえないでしょうから」と、相変わらず冗談を口にされた。

八月二二日、『世界』の編集者を福岡空港に迎え、翌二三日に沖縄へ出発しようとしたが、激しい疲労を訴え、ついに立ち上がることができなかった。八月二六日、鞍手町立病院に入院したが、このときは血圧が低く、輸血すれば恢復は早い、ということであった。

中国から帰国した私は、九月二九日、入院中の上野を見舞った。すでに半身がマヒしており、言葉もはっきりしなかった。ただ、意識だけははっきりしていた。晴子夫人が上野の口元に耳を近づけ、通訳してくれた。相変わらず、私の宿のことから、帰りのバスのことなど、あれこれ指示されていた。

入院後も枕元にスペイン語の辞書を置き、いつも頭のなかは沖縄へ、キューバへと、眉屋の戦後編の構想が駆け巡っていたらしい。近所の人が「一日中退屈でしょう。ビデオでも持ってきましょうか」と言うと、「それどころじゃない。いまは眉屋の戦後編のことで忙しいのだ」と言ったという。

私は、しびれでやや冷たくなった上野の足をもみながら「『世界』の連載が待ってますよ」と励ましたが、首を左右に振り、半身が言うことをきかない、と手ぶりで示した。私が別れを告げ病室を出ようとしたとき、不自由な体を無理に起こし、力を振り絞るようにして片手を持ち上げた。あの時の姿が目に焼き付いて離れない。

私が上野を見舞う一〇日ほど前の九月一一日に、上野は晴子夫人にノートとペンを持ってくるように言い、しびれる手でメモ帳に、こう書き記した。

「筑豊よ／日本を根底から／変革するエネルギーの／ルツボであれ／火床であれ」
その後、がんは脳に転移し、上野の意識を奪った。そして意識が戻ることは遂になかった。絶筆となったこのメモ帳の走り書きは、筑豊を愛してやまなかった熱い思いと、最後まで日本の変革への夢を捨てなかった〝革命戦士〟としての相貌をしのばせている。

炎は消えず

その年（一九八七年）の一一月二一日午後六時三一分、上野は六四年の生涯を閉じた。死の間際まで上野の脳裏を去来していたのは、何であったろうか。筑豊からの訃報を受けて、戦い終えた戦士に安らかな眠りを……と祈らずにはおれなかった。ただちにツルや友人にその死を伝え、筑豊に飛んだ。

遺体は町立病院から自宅の筑豊文庫に移され、翌日茶毘に付された。沖縄からは我部政男、仲程昌徳、新里幸昭、そして私の四人が出棺に立ち会った。安らかに眠る上野の柩の中に、好物のピースのたばこと、著作の数々が添えられた。筑豊文庫を出ると、野辺の送りの弔問客に、長男の朱が「皆様に支えられ、父の仕事はここに完結しました。筑豊を愛し、生涯の地と定めたこの地から、父はいま旅立ちます」と〝宣言〟した。

柔らかい秋の陽ざしの降り注ぐ筑豊平野に別れを告げながら、柩を載せた車は、火葬場へと向かった。生前「いつの日か、私もこの道を行くことになる」と語っていた、その道を通って……。

二時間余も経って引き出された亡骸は、元の姿をとどめていなかったが、白灰となった著作は、その奥でなおも赤い炎を上げていた。私は一瞬、ボタ山を連想した。死してなおもその胎内に赤い炎を宿しているというあのボタ山を。そうだ、上野さんは亡くなったが、とも し続けた記録文学の灯は、これからも消えることなく、燃え続けていくに違いない……と。

その夜、私たちは筑豊文庫で、上野が呑み残していった泡盛を酌み交わし、別れを告げたのだった。

（一九八八年）

追記　初版『眉屋私記』（潮出版社）は、静かな感動を呼び、多くの読者に迎えられたが、いつしか品切れとなっていた。その再版が待たれていたが、福岡の海鳥社から、二〇一四年に装いも新たに刊行された。「解題」を依頼された私は「炭鉱移民と辻売りで紡ぐ民衆史」（本書76頁）と題して、再刊の餞《はなむけ》とした。

『眉屋私記』をめぐる人々

『眉屋私記』戦後編のこと

沖縄の山原《やんばる》にルーツを持つ山入端一族の戦前の歩みを描いた『眉屋私記』で、上野英信はその最後を「彼ら戦後における苦難の歩みについては、もし許されるならば、いつの日にか稿を改めて書きとどめたいと思う」と結んでいる。

いわゆる『眉屋私記』の戦後編のことである。しかしそれは日の目をみないまま終わった。いま、あらためてその一文を読むと「もし許されるならば」のくだりが、妙に意味深長なものとして響いてくる。上野本人は一般的な言い回しとして書いたのかもしれないが、私にはなぜか気になる行である。

「戦後編」は主人公である山入端萬栄がメキシコからキューバに渡り、同国の革命の年（一九五六年）に物故するまでの波乱の人生や、妹・ツルの戦後体験が主な舞台となるはずであった。しかし、キューバへの取材は入国許可が下りず、実現しなかった。当時のキューバは「鎖国」に近い状況下にあり、よほどのコネでもない限り難しかったのであろう。

気になることの一つが、このキューバ行きのことである。

いま一つは、上野の命を奪った病のがんである。『眉屋私記』出版のころは、がんの話はなかったが、あるいは自身はその予兆を察知していたのか。

そういえば、いつのことであったか、私に「人は六〇歳までは、いかに生きるかを考え、六〇歳を過ぎると、いかに死ぬるかを考えるようになる」と話していたことがある。確か『眉屋私記』の取材で那覇のミーグスク（三重城）を訪れ、ふたりで雑談していたときだったかと思う。「いかに死ぬるか」という言い回しは、いかにも上野らしい。それにしても「人生八〇年」といわれる時代に六〇歳とは少し早すぎるな、と当時は思ったものである。

上野は一つの仕事（作品）を仕上げるのに、およそ五年の年月をかけている。生前、私にも「たいてい五年はかけていますね」と話していた。事実『眉屋私記』も、取材から発表までを見ると、ほぼそれくらいになる。

「記録文学を目指す者は、時間を惜しむな、金を惜しむな、命を惜しむな」が口癖で、自らそれを実践していた人である。メキシコの取材にしても、ほぼ二か月。それもカメラマンや、沖縄から通訳として若者を同行させている。時間はかかるし、カネのかからぬはずはない。

メキシコ出発を前にして、筑豊から沖縄にあいさつに来られた時、私は給料袋をそのまま餞別として差し上げげた。よもやそのことが『眉屋私記』の「あとがき」に書かれるとは、予想だにしなかった。

メキシコでの取材は一九七八年四月二八日から六月二三日に及んだ。帰国するや九月九日には山入端ツルに報告し、その後、沖縄に足繁く通い、精力的に取材を続けた。四か月も逗留することがあった。その年の一二月一二日に久高島《くだかじま》の一二年に一度の神事・イザイホーを見に沖縄を訪れた歴史家の色川大吉、作家の石牟礼道子らと那覇で合流している。

『眉屋私記』の連載が『人間雑誌』に始まったのは一九七九年一二月のことである。年に四回の季刊雑誌でこの号が創刊号である。月刊でなく季刊というサイクルが上野は気に入っていた。沖縄に来て那覇ではツル宅へ、名護では萬五郎屋（萬栄の弟の家）のカマや、その娘の小枝子らからの話を聞きに出かけた。

カマは屋部の方言でしか話さなかった。そこでいつもは使用したことのないカセットテープレコーダに吹き込んだ。それを今度は那覇に戻り、ツルに訳してもらった。屋部に足繁く通ううちに有らぬうわさがたった。「どうも上野さんにいい人がいるらしい」というのである。

山入端ツルと上野英信・晴子夫妻（ツル宅玄関先で）

それを聞いたツルは、「上野さんはそんなお方じゃありませんよ」と一笑に付した。萬五郎屋の小枝子が、そのうち病で入院した。いつも上野が屋部に来るときは、昼食を用意していたが、それができなくなり、娘のゆり子に「弁当を買って届けるように」と指示していた。しかし小枝子は一九八二年一月に亡くなった。上野は葬儀に参列し、初七日にも筑豊から駆付け、参列者を驚かせた。

この年の一二月に、連載中の『人間雑誌』が第九号をもって廃刊となり、連載も中止のやむなきに至る。その後のものを補足して『眉屋私記』が潮出版社から刊行されたのは、一九八四年三月である。

上野は晴子夫人を伴い、同年三月三〇日、多年にわたる協力お礼のためツルを訪ね、翌日には那覇の出版祝賀会に出席した。また、山入端家ゆかりの地である屋部公民館でも、村を挙げての祝賀会が開かれた。出席した多くの区民が、自分たちの歴史を綴ったものとして受け入れ、喜んでいた。

『写真万葉録・筑豊』の仕事

上野は『眉屋私記』の取材が一段落したあたりから、かねての宿題であった筑豊炭鉱の写

福岡での筑豊文庫 20 周年と『眉屋私記』『写真万葉録・筑豊』刊行などの合同祝賀会に沖縄から参加した左から新里幸昭、我部政男、三木健、仲程昌徳。後方は上野英信（1984 年 4 月、筑豊文庫にて）

真集刊行にとりかかっている。筑豊には有名無名を問わず数多くの写真家が訪れ、炭鉱を撮り続けている。その膨大な蓄積をもとに炭鉱に生きた民衆を記録に残そう、というのである。写真家の岡友幸らと収集・編集に取り組んでいた『写真万葉録・筑豊』がそれだが、第一巻「人間の山」が、『眉屋私記』刊行の一か月後に出た。

その年（一九八四年）は、上野が晴子夫人と共に廃屋の炭鉱長屋を買い取り「筑豊文庫」を設立して、ちょうど二〇年目であった。四月一四日に「筑豊文庫満二〇年を記念する集会」が、福岡県芦屋の国民宿舎のホールで盛大に開かれた。「集い」は『眉屋私記』『写真万葉録・筑豊』、そして上野の還暦の合同祝賀

沖縄の仲間たちの要望に応え『眉屋私記』の直筆原稿を贈る上野英信と代表して受け取る我部政男（1984 年 4 月、筑豊文庫で）

会であった。沖縄からも泡盛の一斗甕を贈り、我部政男、新里幸昭、仲程昌徳、それに私の四人が出席した。四人とも上座に座らされ、上野はすこぶるご機嫌であった。

翌日、呑み残した泡盛を「筑豊文庫」で呑んだ。その時に我部の提案で『眉屋私記』の直筆原稿を「沖縄県立図書館に永久保存したい」と申し出て、直筆原稿をいただいた。沖縄に戻ってから複写を取り、名護市立図書館にも寄贈した。四百字詰め原稿用紙のマス目に一字の書き損じもない浄書された原稿は、若き日に炭鉱の労働者仲間たちとガリ版刷り文集を出していたころをしのばせ、改めて記録文学に賭ける上野の思いを見た。

思い返せば、上野との縁もこの炭鉱であった。一九七〇年代の初めから、私は西表炭坑の埋もれた歴史の掘り起こしをしていた。その頃、上野は西表炭坑にいた村田満という元坑夫を、故郷の筑豊に呼び戻す運動に仲間たちと取り組んでいた。

そんなことから一九三六(昭和一一)年に西表マラリア防遏班が出した『西表島の概況』という冊子が、筑豊文庫からガリ版刷りで復刻されている。それには「西表の炭鉱沿革史」の一章が入っていた。そのころ報道カメラマンの岡村昭彦《おかむらあきひこ》が、琉球新報東京総局で記者をしていた私に、お土産として届けてくれた。

岡村は筑豊文庫に長期滞在しながら、上野の指導のもと『南ヴェトナム戦争従軍記』(岩波新書、一九六五年)を書いていた。時折、東京総局に現れては「沖縄の新聞社こそベトナムに記者を派遣すべきだ」と言い、那覇本社の編集幹部を口説いていた。私はまだ駆け出しであったが、西表炭坑のことを調べていると聞き、筑豊の手土産に届けてくれたのだ。私は上野とは一面識もなかったが、頂いた資料も参考に『西表炭坑概史』を一九七六年に自費出版、お礼に贈呈した。翌年の一九七七年五月に『出ニッポン記』の取材で那覇に見えたとき初めて会い、それが『眉屋私記』へとつながった。

さて、『眉屋私記』は、一九八四年一一月、沖縄タイムス社が主催している「出版文化賞」

の正賞を受賞した。選考対象となった二一六点の著作の中から選ばれたもので、次のように講評している。

眉屋家年代記は、沖縄近代史の底辺に生きた人々の縮図でもあり、貧しさゆえに襲いかかる悲痛の歴史を丹念に描き出している。しかし、著者は過酷な状況に翻弄された苦しみを悲痛だけに塗りこめるのではなく、状況をたくましく乗り越えて生きてゆく眉屋兄妹に共感を寄せてつづっている。

また講評の中で「上野氏の作品がすぐれているのは、彼らの足跡を丹念にたどるだけでなく、彼らの胸中に脈打っていた言葉にならなかったものを、掘り出しているからだろう」という新聞書評の一文を引用している。まさしく「彼らの胸中に脈打っていた言葉にならないもの」に光を当てたことが、この作品のすぐれたところである。

作品の中に「ダーメ・ルス」という一章がある。スペイン語で「闇に光を」という意味だそうだが、まさしく闇の中に光を求めて、たくましく生きていく民衆の生きざまが、そこにはあった。それはまた筑豊の地底で働いた炭鉱労働者たちとも、通底するものであった。

筑豊での上野の仕事の一つに、元坑夫で炭鉱の様子を絵で残していた山本作兵衛《やまもとさくべい》の作品を世間に知らしめる活動がある。作兵衛は『筑豊炭坑絵巻』（葦書房、一九七三年。新装改訂版・海鳥社、二〇一一年）などの画集を刊行しているが、上野はその活動を支えてきた。一九八五年一一月二四日に飯塚市の嘉穂《かほ》劇場で「山本作兵衛翁記念祭」が開かれた時も中心的に活動し、沖縄から琉舞師匠の佐藤太圭子《さとうたかこ》を招いて琉舞を奉納してもらっている。一連の炭坑絵巻は、のちにユネスコの「世界記憶遺産」に登録され、広く知られるようになる。

翌一九八六年三月二九日、沖縄で眉屋の次男・萬五郎の孫娘ゆり子の結婚式があり、上野は駆けつけている。世話になったお礼とはいえ、まるで親戚のような付き合いぶりである。実は、これには裏話がある。上野は、ゆり子を一人息子の朱の嫁に、という密かな思いがあった。しかし朱にはすでに意中の女性がおり、ゆり子にも意中の男性がいたのである。

この結婚話は上野の「片思い」に終わったが、そのことを私に打ち明けた後「もし、そうなっていたら、『眉屋私記』の戦後編は、書き進むうちに、いつの間にか上野家の話になり、読む人は、なんじゃこれは、自分のことじゃないか、とお叱りを受けたかもしれませんね」と話して、笑ったものである。

当のゆり子は、どう思っていたのか。沖縄で出された追悼文集『上野英信と沖縄』（ニライ社、一九八八年）の中で、こう回想している。

私が先生とお会いしたのは数えるほどにすぎない。でも、先生は私のことをいつも気にかけてくれた。それは母への感謝の気持と、先生のやさしさからだったと思う。屋部《やぶ》で催された『眉屋私記』の出版祝賀会の時には、大学を卒業したばかりの私に、帰りがけにそっと「卒業おめでとう」と書いたお祝いをくださった。

（「上野先生、ありがとう」）

上野英信逝く

慶事が一段落したところで、いよいよ「戦後編」の準備に取り掛かった。キューバ渡航の許可は、あいも変わらず下りる気配はなかった。大手新聞社の知人やキューバ事情に詳しい人を頼るなど手を尽くしたが、やはりはっきりしなかった。せめて萬栄の一人娘・マリアの消息が分からぬものかと探してみたものの、これも叶わなかった。しかし、いつまでもこれにこだわってばかりもおれず、とりあえずは沖縄取材を再開させることにした。

一九八七年一月三日に屋部村で萬五郎屋のカマの八五の生年祝《トゥシビー》いに出るのを機会に、写真家の岡友幸を伴ってその前日に沖縄入りした。那覇空港で出迎えたとき、上野がひどくやつれているように見えた。さぞや『写真万葉録・筑豊』の仕事の疲れであろう、と推測した。なにしろ同書は当初刊行計画の三巻をはるかに超え、全一〇巻に及んだからである。

その夜、拙宅で新里幸昭や仲程昌徳、朝日新聞那覇支局長の大矢雅弘ら親しい人たちが集まり新年祝いをした。酒座でも「これからのお仕事について、お一人ずつ話してください」など、いつもの上野らしからぬ改まりようである。妻に作らせたおかゆも喉に詰まらせ、台所で背中をたたかせて喉から通すありさまである。私はようやく「異変」に気づいた。

九州大学附属病院で数日間の入院検査の結果、食道がんと診断されたのは、二月二〇日のことだった。その知らせは沖縄の友人たちにショックを与えた。私は三月一四日、九大病院に見舞いに出かけた。治療は順調に進んでおり、「戦後編」への強い意欲を見せていた。岩波書店の月刊誌『世界』での連載もほぼ決まったと話していたので、安堵した。事実、治療の効果は上がり、食道がんはなくなり、五月二二日には退院して筑豊に戻った。

さっそく沖縄取材の準備にかかり、八月二三日から『世界』の担当編集者が同行して沖縄に出かける手はずとなった。ところがその日の朝、激しい疲労感に襲われ、自宅に伏してしまった。貧血治療のため近くの鞍手町立病院に入院して治療を受けるが、病状は回復せず、次第に半身不随となった。九月に入り晴子夫人は、がんが脳に転移していることを告げられる。

九月二六日に私が見舞ったときは、意識だけはあった。上野の動かなくなった手足をさすりながら、私はさすがに悔し涙が出た。「『世界』の連載が待っていますよ」と励ましたが、首を振り、身体の不自由を訴えた。晴子夫人はすでに覚悟をされているように見えた。

病室を去る時、力を振り絞って上半身を起こし、片手をあげて別れを告げた。それが最後となった。それから二か月後の一一月二一日、六四歳の生涯を閉じた。

一一月二三日の密葬には、我部政男、新里幸昭、仲程昌徳、それに私の四人が沖縄から出棺に立ち会い、野辺の送りをした。一一月二九日に鞍手勤労者体育センターで行われた告別式には、作家の石牟礼道子や地元の人たち六百人が参列。沖縄からも眉屋の山入端一雄や、比嘉久《がひさし》・ゆり子夫妻、ニライ社の島袋捷子《しまぶくろかつこ》、常宿にしていた沖縄第一ホテルの島袋芳子らが参列した。沖縄の友人を代表して、私が弔辞を述べた。

告別式を終えて筑豊文庫に戻り、一休みしていた時かと記憶するが、晴子夫人が「上野が戦後編を書く予定だった原稿用紙は、もう必要なくなったので、三木さん、使ってください。後で送ります」という。その時、大きな瞳で私を見つめ、ほんの少しだけ笑みを浮かべた。意味ありげなその笑みと、原稿用紙の贈り物が私には重荷になった。

上野の死は、沖縄の友人たちに大きなショックを与えた。なかでもツルの驚きは大きかった。彼女は上野の死の前日の夜中に、不思議な音を聞いた。寝ていたが部屋の四隅がきしむような音が聞こえた。地震でもないのにどうしたのか気になり、それから寝付かれなかったという。彼女によれば、過去に兄・萬栄のことを調べた人が二人も亡くなっている。

一人は萬栄と共にメキシコに渡航した人だったが、調べている途中で死亡。もう一人は東恩納寛惇である。ツルからの話をもとに「三味線放浪記」を書き終えた東恩納は「この次は萬栄兄さんのことを書こうね」とツルに話していたが、間もなく逝去した。そして今度は上野英信である。ツルは回想する。

「今から思えば、先生はかなり前から自分の死を知っておられたような気もします。というのは、先生が初めて私のところに来られたとき「この仕事を自分の最後の仕事にしたい」と言われたからです。あのとき私は「まだお若いのに、へんなことを言われるねえ」と思ったものでした。実際、『眉屋私記』のお仕事が、先生の最後のお仕事になってしまいました」（「あの世でお会いしましょう」、追悼文集『上野英信と沖縄』所収）と語っている。

萬栄の娘・マリアの出現

上野が亡くなった翌年（一九八八年）二月七日に、眉屋ゆかりの地である屋部村の公民館で

「上野英信さんをしのぶ集い」が開かれ、生前に交流のあった人や村人たち一二〇人が出席。筑豊からも晴子夫人や息子の朱らが馳せ参じた。

「しのぶ集い」では交流のあった人たちが、次々と熱い思い出を語り、眉屋の孫娘の比嘉ゆり子たちが屋部に伝わる踊りを舞い、亡き上野を慰めた。謝辞を述べた息子の朱は、上野が亡くなる一か月ほど前に「自分はもういつ死んでもよいのだ」と話していたことに触れ、次のように語った。

「今まで精一杯の仕事をやってきた。手を抜いたりいい加減にやっつけ仕事をしたつもりはない。『眉屋私記』にしろ、その前の『出ニッポン記』にしろ、すべて全力を尽くしてやってきた。だから、ここで、もし死んでも何も恐ろしくはない。このあと『眉屋私記』の後編、これは非常にやりたいけれども、今までのことを思う限りにおいては何も怖くない、そうこの場で言いきれる自分を褒めてやってもいい」と。

また、晴子夫人は、次のように話している。

「昨年十一月に上野が亡くなりましてから、どうかすると私はあの人の姿がどこへ行ったのかしらと、こうあたりを見回して、捜しまわるような気分を味わうことがございました。そして、「ああ、いつものように、あの人はまた長い旅にでかけたのだ」と思うようにいたしました。今日ここにお伺いいたしまして、「ああ、あなたはここにいたんですね」という気がしております。ここの皆様の眉屋のご一族をはじめとして、地域の皆様の深いふところのあたたかさの中に、上野はすっぽり隠れていたんだなあというような気がして、今日久しぶりに彼にめぐりあえたような気がいたしております」

いかにも晴子夫人らしいあいさつであった。

「しのぶ集い」で「上野英信追悼文集」刊行の話が決まり、さっそく編集委員会が作られ、この年一一月の一周忌に合わせて、ニライ社から『上野英信と沖縄』と題して刊行された。筑豊の追悼文集より一足早い発刊である。「上野文学と沖縄」に始まり、「上野英信さんと私」「筑豊・その周辺から」「上野英信さんをしのぶ集い」「『眉屋私記』書評録」などを収録した追悼文集は、多方面から上野の人と作品を論じて格好の手引書ともなった。

その翌一九八九年九月、私を驚かせることが起きた。キューバの萬栄の一人娘・マリアたちが、北米のフロリダに健在でいることが判明したのだ。しかも沖縄の親戚に会いに来たいという。判明したのは、ある偶然からである。

マリアの長女のエリザベッツ（エリー）が経営しているドイツ・レストランに、沖縄の山城と名乗る女性が客として来店した。応対に出たエリーの胸元に付けたネームプレートに「エリザベス・ヤマノハ」と書かれた横文字を見て「ヤマノハ」に注目。沖縄にしかない名前だからだ。聞けば、祖父が沖縄だが、沖縄にいる親戚との連絡がつかなくて困っているという。山城は沖縄に帰って探してみる、見つかれば連絡すると約束。沖縄に戻るなり電話帳から山入端姓を見つけて片っ端からかけまくり、ついに山入端一雄にたどり着いた。一雄は驚いて、私に電話をくれたのだ。

私はこの年の秋に、上野の一周忌の集いを計画中であったので、それに合わせて来てほしい、とお願いした。マリアとエリーのふたりが一〇月に来ることになった。なんという偶然か、いや、偶然にしては出来すぎている。それにしても上野がいないことが悔やまれる。上野は最初にがんが判明した時「あと三年、命が欲しい」と周りに漏らしていたというが、あるいはマリア親子が来ることを予感していたのであろうか。

一〇月二日、マリアと娘のエリーが、那覇空港に降り立った。出迎えたツルは満面に笑みを浮かべ、マリアを抱きしめた。初対面のふたりは一瞬にして打ち解け、心を通わすのに時間を要しなかった。一周忌の「しのぶ集い」には、上野家の晴子夫人や朱、上野の記録文学を継いでいる川原一之らも出席し、マリアたちを見守っていた。

翌日、ツルや一雄たちに案内されてマリア母娘は、屋部村の眉屋の屋敷跡や浜沿いの墓に

萬栄の娘マリア・ヤマノハ、エリー親子を迎えて開かれた「上野英信さん一周忌のつどい」——前列左から上野晴子、朱、マリア、山入端ツル、エリー（1989 年 10 月、那覇・ゆうな荘）

詣でた。屋敷跡ではエリーが庭の砂を瓶に詰めていた。墓ではマリアが沖縄式に平たい香を焚き、手を合わせた。村の中をマリアの手を引いて誇らし気に歩くツル。私は『眉屋私記』の中で、沖縄戦の最中に米兵がツルたちの母親のカマドを、ガマから抱きかかえて救出する感動的な場面とダブらせて眺めていた。そして思った。「眉屋の戦後編は、ここに完結した」と。また、これは上野が自身の一周忌に合わせて、マリアたちを招き寄せたにちがいない、と。

　名護での歓迎会の時、私はマリアに「ご自身のライフヒストリーを書いてください」とお願いした。彼女は長年、会社の秘書業務をしていたとかで、タイプライターを打つことは、たやすいようであった。私はそれに期待した。

数日滞在してマリアたちは、帰国の途についた。ツルは安堵していた。また元の静かな生活に戻った。私はその翌年の一九九〇年五月に、アメリカを視察する機会があった。私の勤めている新聞社に米国国務省から米国視察の招待が来たのである。視察先は比較的自由に選べたので、この機会を利用してマイアミにマリアたちを訪ねることにした。ツルにその話をすると、ぜひ会ってきてほしいと、土産に浴衣を託された。

ワシントンでマイアミ行きの日程を入れるようお願いしたが、同じフロリダ州のオーランド止まりで、マイアミ行きは実現しなかった。オーランドに来てそのことをマリアに告げると、マイアミから来てくれることになり、マリアとエリーが四時間半も車を運転して会いに来た。私が泊まっていた安ホテルに彼女たちも一泊して、再会を喜んだ。

ツルからのお土産を渡した。マリアはツルをいとおしむように、浴衣をさすっていた。その浴衣から外国あての郵便封筒が何枚も出てきた。「手紙を送れという意味ですよ」と説明すると「ツルさんは、ユーモアがある」と話していた。彼女たちが帰国して後、手紙が来ないのを気にしていたツルの一計である。聞けば、帰国してマイアミで旅行バッグごと盗難にあい、アドレス帳も失い手紙が出せなかった由。ただ、エリーが撮影した写真だけは盗られることなく、焼き増しした何枚もの写真を持参。私に配布を託した。

雑談の中でマリアは、一九四〇年にベルリンオリンピックを見に行った時、日本の水泳選手の前畑と間違えられ、サインを求められたと話して、大笑いした。また戦時中のキューバで、ドイツ系ユダヤ人が、国を求めて出国の荷物をまとめたところ、それが当局から没収されて売りに出された。その中には学校で共に学んだ人たちもいて、マリアの親たちがそれを買い取り、こっそり持ち主に渡してあげたこともあるという。

とかく彼女たちの話には、激動する国際社会に絡むことが多い。そこで私は「早くライフヒストリーを書いてください」と重ねてお願いした。「しばらく体調を崩していたが、新しいタイプライターを買ったので、書きます」と約束した。

夜はオーランドのダウンタウンに出かけた。エリーがドイツ人相手のツアーガイドで、オーランドには何度も来ているとかで、チャーチ・ストリートという人気のある繁華街に案内してくれた。カントリーミュージックを聞きながら、ビールを呑んだ。楽しき一夜は瞬く間に過ぎた。翌朝「仕事があるから」と母娘は車でマイアミに帰っていった。

この再会から三年後の一九九三年に、マイアミで三度、彼女たちに会う機会があった。同年五月にカリブ海の島嶼《とうしょ》国家・バハマの首都ナッソーで、世界島嶼学会が開かれ、沖縄からも島嶼研究者が参加したので、その取材に出かけた。帰路にマイアミを訪ねマリア母娘に会うことができた。同地でドイツのビールを呑ませているエリー経営のお店を訪ねた。先年、沖縄から持ち帰ったオリオンビールや、泡盛も棚に飾ってあった。来客を交え、楽しい夜の時間を過ごした。

翌日はマリアの自宅に招かれ、夜はキューバ人の多いレストラン街で食事をした。そこら中にスペイン語が飛び交い、アメリカとも思えぬほどキューバンムードに溢れていた。マイアミはキューバ人たちの希望と挫折の集積地だ、と聞いていた。革命の動乱を逃れてマイアミに来たマリアたちも、そうした一団であろうか。そのことと、上野がキューバに渡航できなかったことと、何か関係があったのであろうか。今もって謎のままである。

『三味線放浪記』とツルの晩年

上野亡き後、山入端ツルは、またもとの平穏な生活に戻った。しかし、養子の一雄は「戦後編」のことが、あきらめ切れないようであった。私にも相談を持ちかけ、自らも資料集めをしていたが、日の目を見ることはなかった。そうした折、『三味線放浪記』が刊行された。

ニライ社の島袋捷子が丹精込めて編集・出版したもので、写真なども入れたすばらしい装丁でよみがえった。同書はこの年の沖縄タイムス出版文化賞を受賞した。

一九五九年一〇月五日から三六回にわたり『琉球新報』に連載されたもので、連載から四三年も経過して、ようやく世に出たのである。文字通り『眉屋私記』の姉妹編ともいうべき関連本である。ツルがことのほか喜んだことは、言うまでもない。

東恩納寛惇がこの「三味線放浪記」を書いたのは、ツルが東京の新橋駅前に「颱風」という沖縄料理屋を営んでいた頃である。上京間もない学生だった私も、暖簾をくぐったことがある。中に入ると左がカウンターで、通路を挟んで右が細長い座敷になっていた。ツルは郷友たちの良き話し相手であった。

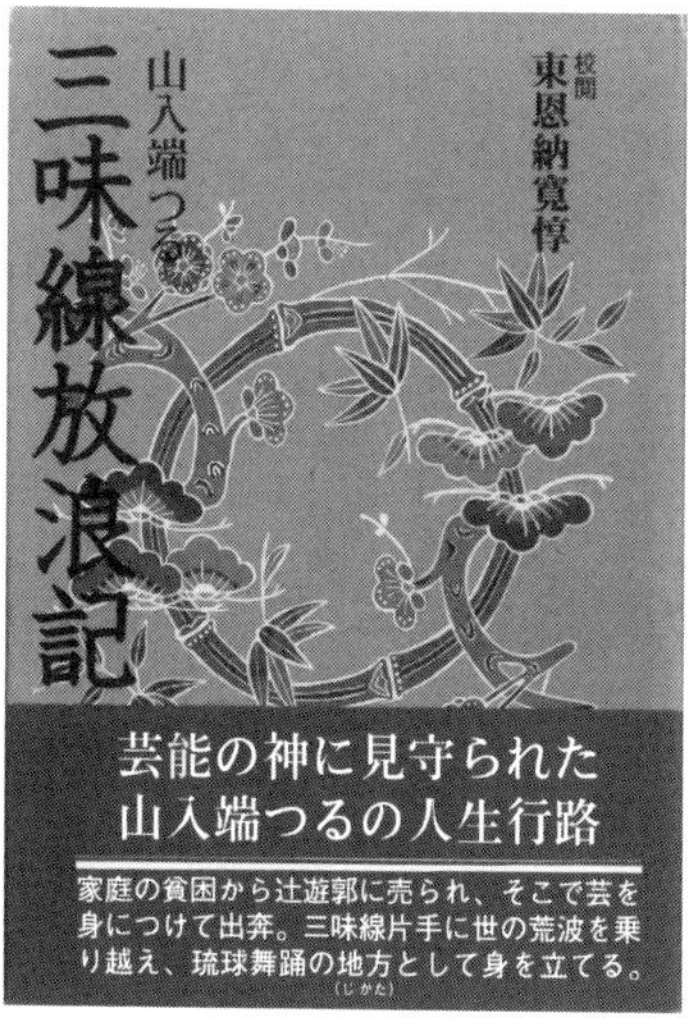
校閲 東恩納寛惇
山入端つる
三味線放浪記
芸能の神に見守られた
山入端つるの人生行路
家庭の貧困から辻遊郭に売られ、そこで芸を身につけて出奔。三味線片手に世の荒波を乗り越え、琉球舞踊の地方《じかた》として身を立てる。

琉球史の研究者である東恩納は、当時、拓殖大学の教授であったが、夫人に先立たれていた。そのせいもあってか、時々「颱風」に来ては、寂しさを紛らわしていたようだ。

ツルの話を聞くうちに引き込まれ、まとめたのが「三味線放浪記」である。「この次は萬栄兄さんのことを書こうね」と話していたという。通ううちにツルの人柄に惚れ、いずれ名護の屋部に引き揚げ、老後を共に送る約束をしている。しかしその約束を果たさぬまま一九六三年一月、満八〇歳で旅立った。

それから一〇年ほどツルは新橋の「颱風」を続け、一九七四年、日本復帰間もない沖縄へ引き揚げてきた。その時、寛惇から贈られた鏡台や掛け軸、共に食したすき焼き鍋など、思い出の品々を持ち帰っている。上野が「眉屋」の取材で、ツルのもとを訪ねたのは、その三年後の一九七七年である。

ツルは、寛惇の果たせなかった眉屋の物語を今度こそは実現したい、という強い思いがあったことだろう。それは三姉妹が夢見た眉屋の再興でもあった。『眉屋私記』が完成し、マイアミからマリアたちを迎えて、安らかな老後を那覇の片隅でおくった。そして二〇〇六年一月九日、百歳の長寿を全うして旅立った。波乱の一世紀であった。

それぞれの旅立ち

ツルが逝去した二〇〇六年の八月、私は「天国にいちばん近い島」と言われた南の島へ出かけた。フランス領ニューカレドニアである。山入端萬栄たちがメキシコの炭鉱移民で沖縄を後にした同時期、ニッケル鉱山の採掘労働で沖縄から八二〇人の契約移民が四次にわたり赤道を越え渡っている。一九世紀の半ばごろから西欧列強は、いわゆる帝国主義の資源獲得のため領土拡張に乗り出し、労働者をアジアに求めてきた。

石炭とニッケルの違いこそあるものの、沖縄からの出稼ぎ移民の構図は同じである。現に、萬栄の叔父の萬長も、屋部からニューカレドニアに渡航している。ただ、理由はよくわからないが、上陸できずそのまま引き返している。萬栄たちが炭鉱労働で辛酸をなめたのと同様、ニッケル鉱山の労働も過酷なもので、天国どころか地獄のような惨状であった。

ところが、この南太平洋の島に渡った沖縄移民のことについては、ほとんど知られていなかった。契約移民で渡った人の無機質な数字だけが残り、人間の顔が見えてこなかった。第一に、子孫がいるのか、いないのかさえも皆目知られていなかった。世界に散らばる沖縄移民の歴史が解明される中で、この島だけはなぜか空白であった。しかもその空白は、地理的空白のみならず、時間的にも実に六〇年もの長い空白が続いていたのである。

しかし、私はこの島の北部の先住民の多く住む村々で、幾人もの沖縄系の二世、三世たちに会い、彼らが己のルーツを知らないまま、アイデンティティーに悩んでいる姿を目の当たりにした。ある家族から沖縄でルーツを探してほしい、という要望に応えたことが契機で、以後、十数年にわたりこの島の人たちと交流を続けることになる。

自分たちのルーツを求め、失われた魂を取り戻そうとする島の人たちの行為は、まさに沖縄で言う「まぶいぐみ」（魂を体内に込めること）そのものであった。それはまた、キューバのマリア・ヤマノハやエリーたちの心情とも共通するものである。

二〇一六年に沖縄の映画会社「シネマ沖縄」の提案で、ニューカレドニアの沖縄系の人たちの戦中戦後をドキュメンタリー映画にした。題して『まぶいぐみ—ニューカレドニアの引き裂かれた移民史—』。監督は本郷義明、制作・末吉真也で、私は原作と監修を務めた。原作の『空白の移民史—ニューカレドニアと沖縄—』（シネマ沖縄、二〇一七年）は、各章の初めにフランス語の要約と、写真を数多く入れ、日本語の壁を少しでも乗り越えるよう工夫した。

映画は十年余の交流で心通わした人たちの証言が、観る人に強い感銘を与えた。何よりもうれしかったのは、この映画をニューカレドニアの日系人たちが、歓迎してくれたことである。特に沖縄系の多い北部のポワンディミエで上映されたときには、あちらこちらですすり泣く人もいて、強い衝撃を与えていた。かの島の人たちにとっても、自分たちの親のルーツを知る貴重な映像として、記憶されることだろう。

2018年8月、北米・マイアミにマリア・ヤマノハ（中央車いす）母娘を訪ねた眉屋の比嘉久・ゆり子（左端の二人）とその娘の万理杏（右端）

幸いにもこの映画は、二〇一八年度の文化庁映画賞文化映画部門大賞というおまけがついた。一九七〇年代の西表炭坑史の発掘に始まる私の「民衆史の旅」も、そろそろ終着駅が近づいてきたが、その思い出に残るできごとである。

この年（二〇一八年）の八月、屋部の眉屋では、萬五郎屋の孫娘の比嘉ゆり子が、夫の久、娘の万理杏と連れ立って、北米マイアミにマリア、エリー母娘を訪ねている。万理杏はマリアと読み、大伯母のマリアにあやかって名付けられた。琉球大学で学ぶ彼女は、英語を駆使しエリーとインターネットで交信、今回の旅が実現した。マリアは車いすだが、いたって元気だという。万理杏は両親が帰国した後も、一人でひと月ほど居候している。眉屋の物語は、「戦後編」をも乗り越え、いま、新たな未来に向かっている。

（二〇一八年）

晩年のマリア・ヤマノハと娘のエリー

山入端萬栄ノート（キューバ国ハバナ市）

「在外五十有余年ノ後ヲ顧リミテ」（手記）

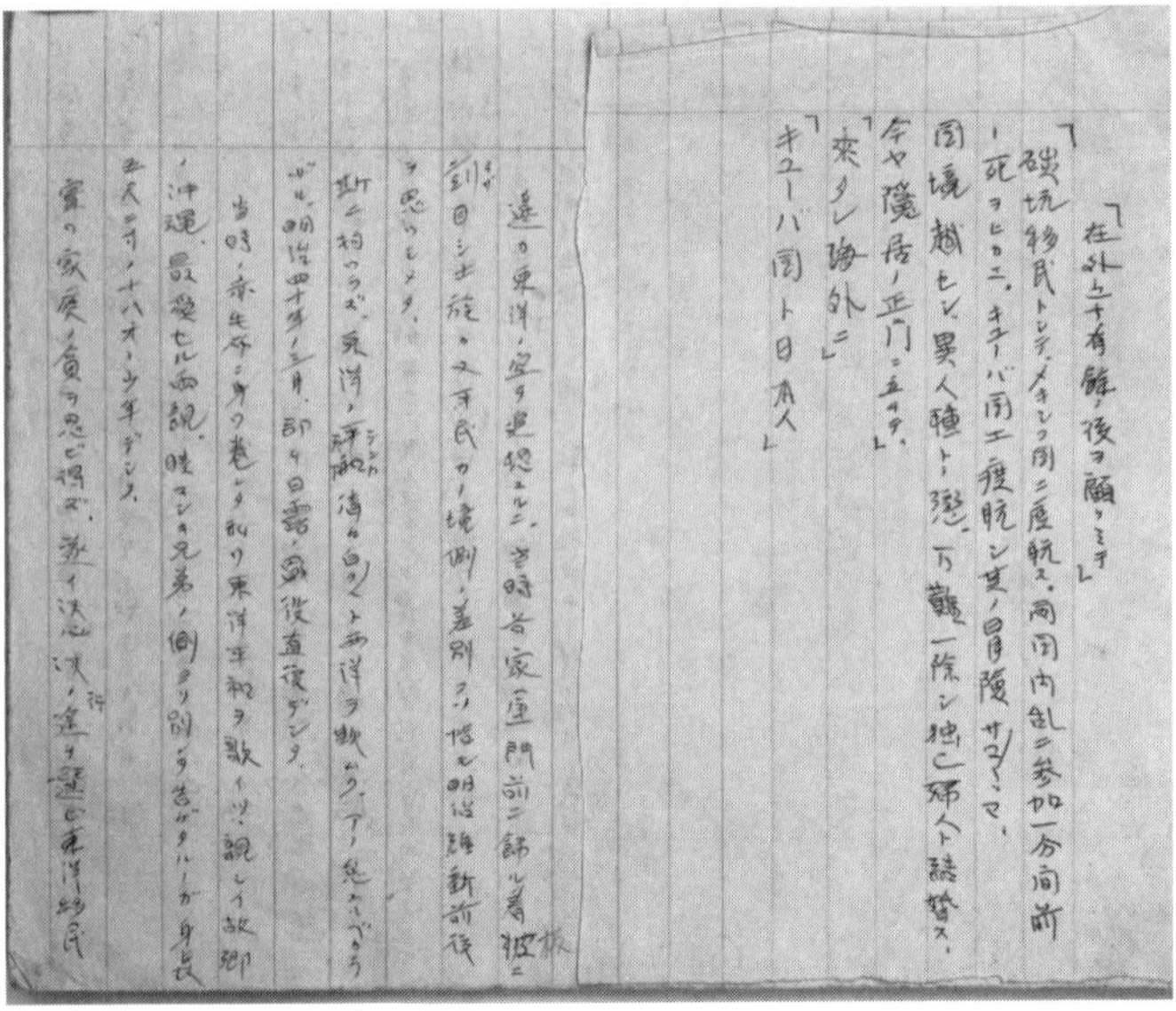
「在外五十有余年ノ後ヲ顧リミテ」

「鉱坑移民トシテ、メキシコ国ニ渡航ス。両国内乱ニ参加一命有前ノ死ヲ免ル、キューバ国エ渡航シ其ノ冒険サマ〜マ
国境越ヒシ異人種ト恋シ、万難ヲ排シ独乙婦人ト誓ス。

今ヤ隠居ノ正門ニ立ツ。」

「来タレ海外ニ」

「キューバ国ト日本人」

「手記」収録にあたって

これは、上野英信が『眉屋私記』を書く際、参考にしたものである。

原本は漢字・カタカナ混じりで書かれているが、読みやすさを考慮して「カタカナ」部分を「ひらがな」にし、場合によっては「かな」を漢字、漢字を「かな」表記に換えた。また、旧漢字・旧仮名遣いは改め、誤字、脱字と思われるものは訂正した。

前葉扉の写真はキューバのドイツ大使館に勤めていたころの山入端家の長男・萬栄と妻となったエリザベッツ（左）

上の写真は山入端萬栄ノート「在外五十有余年ノ後ヲ顧リミテ」の最初のページ

私の今までの人生は、ただよえる小舟とおなじものであったと言っていい。あるときは天に逆巻く嵐の中の大波にもまれ、頼みの帆もちぎれはてて、人生の進路をいかに進むかの望みも最早何ものにも託す道もなくなったこともあった。しかし、自分が進まんと願う進路に対しては、心の舵をしっかりと握って、決してはなさなかったつもりである。

そして、いつかは嵐の後の凪もくるものと思い、自分が生きていくという信念のある限り、それはいついつまでも人間の捨てることのできない生への未練なのだが、その心の舵の方向は永遠に変わることのなく進めていくであろう。

人生にとっては、短い航路として終わるものでも、また、その速さもいかに鈍くても、そして別の嵐にたとえまた巻き込まれることになっても、いつかは私の貧弱な芸を乗せた小舟を、憩いの岸辺に喜んで迎えて下さる人々もあらんことを信じつつ。

［注記］この「まえがき」は、山入端萬栄の手記に書かれたものではなく、ノート（手記）に挟まれた一片のメモ書きである。萬栄がキューバ国から沖縄の親族にノートを送る際、書き添えたものと思われる。残念ながらこのメモは現在行方不明となっている。幸い名護市史編纂室が採録していて、それを「まえがき」として掲載した。（三木）

「在外五十有余年の後を顧みて」

「炭坑移民としてメキシコ国に渡航す。同国内乱に参加、一分間前の死をひかえ、キューバ国へ渡航し、その冒険さまざま。国境越えし異人種との恋、万難一除し、独乙婦人と結婚す。今や隠居の正門に立ちて」
「来たれ海外に」
「キューバ国と日本人」

遥か東洋の空を追想するに、当時、各家屋門前に飾る看板に刻めし、士族か又平民かの境側の差別こそ、恰も明治維新前後を思わしめた。

斯くに拘わらず、東洋の天下清々白々と西洋を欺く、あの忘るべからざる明治四十年の三月、即ち日露の戦役直後でした。

当時の赤毛布に身は巻かれた私は東洋平和を歌いつつ、親しい故郷の沖縄、最愛せる両親、睦まじき兄弟の側より別れを告げたるのが、身長五尺二寸の十八才の少年でした。

実は家庭の貧を忍び得ず、遂に決心、決行の途を選び東洋移民会社の募集に応じ、三ヶ年の契約で、メキシコ国炭坑坑夫として、吾が身は渡したのである。

運は天に任せる私の前途、夢に結び、胸に描くは、必ず三ヶ年後、故郷の親兄弟へ錦を飾る少年の喜びこそ、実に前途光明たらしめた。

然るに歳月人を待たぬ。恐縮すべき世の自然、恐らく人類の敵は油断とは云え、ここに対照するに人類の大敵は、彼の人待たぬ歳月にあらざらんか。

ここに私の在外五十有余年の後を顧みて、未来は海外へ志せんとする諸君に私の実話を綴り参考に供したいのである。

同年四月、神戸港外に浮かぶ、閃めく出発旗の下に東洋移民を満腹せる第二琴平丸。今や移民会社の重役員の送別の弁を遠聞なしつつ、切る波も静けさに、太平洋向けて進む。だんだんと遠ざかるに従い、太平洋とは云え、実は太荒洋の如くの大波にもまれた。

而して無事同年五月、メキシコ国南端に位するサリナクルース港に上陸す。同時に五日目、目的地、炭坑地帯に安着す。同地に早や三ヶ年前より移住せる同胞先輩人大勢居られた。吾等に非常なる便宜を与え、吾等新移民も各々就業となり、馴れない炭坑の坑夫も一時困りたるも、いざ三ヶ年後、故郷へ帰る事を思えば、如何なる危険極まる炭坑内の仕事、何のその。岩をも倒すと云う意気込みでした。

故郷との通信も二週間毎の音信、恰も故郷に居る気持ちで居た。

明け暮れの月日も、弓矢の如く過ぎ去り、最早三ヶ年と云う歳月に見舞われる。が、しかし私には未だ帰国と云う機会がなかった。この地で働けば働けるが、しかし余りの危険性に鑑み、私は三ヶ年後、炭坑地帯より一人で振り出た。時、明治四十三年でした。

去りし三ヶ年に於ける貯金、只少々だ。三ヶ年で得たのは、只身長五尺二寸より、六尺に成りし、又少年より青年に成ったのみだ。

炭坑地出発前より、メキシコ全国に於ける内乱未だ勝敗決せず、国内に於ける旅行も予感を抱いたが、私はそこも物ともせず、或る目的地に向かった。実は北米密航を志した。

車中内の旅行者もごく静かだ。各々窓より眺めるは、確かにロッキー山脈か。いな又戦乱の予感又無きとはいえなかった。

車中に於いての話に依れば、「トロン市」人口八万を有す。その市に於いて、二百人の支那人殺害されたようだ。そこで私も一寸変に考えた。がしかし、殺されたのも、その理由有りしに相違ない事を考えつつ、愈々汽車も無事あの市に着いた。

このトロン市で汽車乗り換えで、私が行く北方へは、未だ半時間の食事の便宜があった。私は飲食取らず、支那人殺された場所、支那人街へ見物に行った。見ると各家屋内でやられた足せきがあった。ある土人が云うに、四、五日前、二百名の支那人が、この支那人街で殺されたと。

私も永い間見る時間がなかった。早速、ステーションへ帰り、汽車の御客となり、手早くカバンの中より、小形の日本国旗取り出し、私の窓にはり付けた。実は私は日本人である事の意味でした。

汽車も北方向け進む。車中、眠る夜も眠らず、例の支那人殺害を思い浮かぶ。

彼等支那人は至る所に於いて虐待を受けて居る。その理由は、恰も「我田引水」の如く、皆国元への送金、又当国に於ける彼等の生活状態、決して当国に同化せずとの意味の点から来すに因するにある。殊に当国の無学階級から平時より虐待を受け、今回の戦乱を利用したに相違ない事を考えたのだ。

汽車もその翌日未明、北米国境に着す。不幸にして私の目的、遂に失敗に帰した。

その後、私も前後の策を施す勇気なく、又炭坑地帯へ戻る外に道がなかった。

炭坑に着し、三ヶ月間働き、或る友人に今後の私の目的を話した。早速友人も承諾成され呉れた。そこで友人の援助で私は二度目の炭坑地帯に出発した。

今度は方向を変え、自動車運転を学ぶ為、メキシコ首都へ行った。

その当時、内乱も終わりを告げ、平和となり、新しき大統領の下に新しき政治家、ここに新国家建設す。

私も今の新政府を利用して、一生懸命になって習い、幸いにして四ヶ月後に一人前の運転手となった。

去り行く月日も早や一九一二年となる。(今後西暦利用す)

メキシコ全土に於ける日本人に対しての待遇記して置きます。

その当時、日本人同胞至るところに於いて好待遇を受く。その理由は、彼の大国ロシア、小さき日本が戦争に大勝利を得たに一因す。故に日本人は武勇であり、正直で、温順な人種である事を認めたに相違なかった。依りて吾等同胞在留民にこの上になき幸福でした。

殊に第二次の内乱の時、市の重要な銀行、即ちナショナル銀行、ロンドン銀行、万国銀行等、早速日本人を集め、銀行保護の任に当たらしめ守らせた。私も銃剣握り門番に務めた。

その後のメキシコ国は至るところに於いて戦乱益々激しくなり、殊に北方より大勢力の勢いで首都めがけて来るビア将軍、中部地方に、その時機を待ち構えたサパタ将軍、又南部中央にカランサ将軍、大勢又然りと待ちかまえると云う状態でした。

斯くの如き状態で、現政府も大いに悩む処から、愈々三師団を以て、ビア将軍食止めの戦計だ。別に又機械化部隊、新たに組織成しつつあった。私もその部隊に参加なし、三週間の練習後、北方戦場向け出発した。

三日目に無事目的地に着す。その翌日、味方軍、或る地点より又第二師団着いた。あの二師団中大勢の同胞軍服を着け、恰も土人の如くで一寸見知らなかった。人数やや五十人位でした。見れば皆旧友だ。炭坑地帯から募集されたのだ。

一同胞の話に依れば、炭坑地帯に於ける大不況で生きる為、食するに兵隊の募集に応じたそうだ。

その翌日から、愈々大激戦だ。而して四日後遂に吾等官軍惨残無残の敗戦と逃れるにせわしかった。残兵及び負傷者は幸いに汽車へ逃げ込みしが、途中鉄道線切断され、大いに困った。死より生を得た私は至極元気で居た。只悩めしは、飲水のみでした。途中汽車を止め、そこで一夜を明かし、水さがしだ。私は各貨物車を巡り巡りしてみた。病院貨車を見ると、中に一同胞が居る。見れば私の旧友、比嘉太吉君だ。足の上腿がやられて居た。しかし、それを養生する薬がない。他に何の方法取れず、大いに悩んだ。飲水は私が少々さがして飲ました。又別に二人の同胞と会い、一寸話した。彼等は至極元気でした。

愈々私も太吉君と或る地点で別れを告げた。私は出兵所、首都。太吉君も彼の出兵所たる炭坑地帯へ帰られた。

その後、話によると、病院に於いて足は切り除き、又元気で居られると。

而して私が見た五十人位の同胞兵隊、その中より生きて帰られたのが、只三人だ。残りの彼等、いな戦死か、或いは又捕虜か。私は彼等の行方こそ知りたかったのだ。

その当時、当国内乱に参加せし同胞各方面に於いて相当に居り、相当な戦死者もあったようだ。殊に或る地点で同胞決死隊を組織し突撃戦。その結果、全めつ。やられた如きは事実だ。

一分間前の死を前にひかえ

吾等敗戦後、首都に安着す。但し一九一五年だ。

早速、大蔵省へ給料取りに行った。その当時、政府に於いて至る所で敗戦、又敗戦のみで、当局で只不満のみで、給料も思った通り払わず、一時困ったのだ。

当時私も別に仕事なく、遊び居た。それを機会に同胞伊波亀君と二人、又戦場へ行く事にした。

私が三ヶ月前、入営せし部隊に参加した場所へ行った。而して兵舎に誰一人も居なかった。但し「部隊募集中止」に依りて二人目的を達せず帰る時、その門前に二人の紳士が立って居た。紳士云うに、兵営内に誰かいるかと尋ねる。只今吾等も入営する為行ったが、誰もいませんとこたえた。彼の紳士も喜んで云うに、私はロハス少尉だ。今晩首都出発するが、運転手が二人欲しい。共に今晩出発出来るかと尋ねた。

二人も大いに喜び、共にその夜出発して北方、サンルイス市に翌日未明安着した。

彼のロハス将軍は新聞紙上で見て知っている。有名な将軍だ。現政府下で二、三を数える勇猛な将軍で、国内に於いて名高い。初面会の時、軍服でしたから、何も彼だと知らなかった。サンルイス市着いたれば、ごく静かな市だ。戦乱中にも関わらず、平和を思わしめた。

私は将軍の運転手、亀君は貨物運びを命じた。

当市の将軍の兵営見れば、将、兵、卒、合せば八百人の一旅団でした。

やや十日目に首都よりの命に依り、サカテーカ市の防御戦に苦しむ味方軍援助するに急行で出発した。而して途中所々に於ける鉄道線切断の為、相当な日数費やした。而して無事到着す。

見れば相当な立派な市だ。人口五、六万を数え、州庁だ。市外を眺めれば見えるは只山のみだ。市は高山で包囲して、今度の防御戦線、自然の強固な陣営だ。幾程勇敢たるビア将軍、この戦線の前に立ち往生と云う戦果如何ん。

愈々大激戦だ。四方面の銃砲の音、日夜と云わず相続く音こそ、今にも敵兵近からんとするを思わしむ。私の友、亀君は、山上防御線へ運ぶ弾薬、非常な危険だ。一週間後に亀君は、少々な負傷を受く。而して三日後、全快した。

二週間後、遂に彼の強固な防御線、敵の手に落ちた。その後の官軍恰も猫の前の鼠同然でした。今日まで戦いに忙しかりし吾等味方軍、今では逃げるに忙しい。けれども、逃げる道がなかった。

二人は、今日迄宿したホテルに逃げ込んだ。宿屋には早や大勢の男女避難者が居った。相当な家族も見受けた。中には官軍将校連も平民に身は変えて居た。

その後、皆地下室に向かって行った。見たる宿屋の室も大きいけれども、うす暗い室だ。而して、五、六十名で、その室は人で山をなした如でした。

その後の避難者もごく静かだ。只聞こゆる銃弾の音も未だ止まず市外戦らしく思わせる。

やや十分間も去ると、天が破裂した如く、吾等の頭上で大音響だ。同時に地震の如く家屋に振動与えた。間もなく地下室に入り込む煙及びゴミには、尚さら暗くなったのだ。彼の大音は宿屋の門内に命中したのだ。未だ煙やゴミが除かない数分後、五、六名の兵卒、銃剣を向けて地下室に入り来た。見れば恰もオオカミの如しだ。見た顔は日光に焼かれ、ゴミに吸われた垢だらけ、着けし軍服は乞食そのままであった。

依りて吾等避難者は、益々ガタガタと震えるのみだ。一人の兵卒言うに、中に居る男のみ皆外戸へ出よと命ず。

宿主はその答えに、中に居るのは、皆、市より集まりし避難民だから、一時静かになる迄、そこに居て呉れと願った。然らば、男のみ出して呉れと命ず。宿主も仕方なく、全部男のみ集めて外戸へ出る用意させた。地下室門前に二人の兵卒が立って居る。又宿主も二人の側に立ち、そのなりゆきを見て居る。同時に一人の兵卒一人の男を外戸へ連れ行く。門前迄行った頃に、一ぱつの音が聞こゆる。あの銃音には別に何の気がなかった。而して二人目の銃音には気が気でなかった。

私も何か話したく、しかし顎が動かず、舌又動かず、只煙草を吸いこむのみだ。その後、相変わらず一人又一人と連れ行く。その音又変わりなき同音だ。

私と亀君は、三十人後に立って、その順番を待って居る。だんだんと近よる、その時、死を前に待つ吾等の心身何と比較出来得たか。恰も一種の銅像の如く立つ無心体でした。話したいけれど、舌が動かず、過去も追想するが、頭脳又働かず、只思いし、私の現在の二十六歳を一期に最後を遂げる運命こそ考えたれども、それも、ただ意味なき夢心地でした。

吾等二人も一歩又一歩と前に進む。即ち死に近くなるのみだ。家族等は後方に居る。見れば死体の顔色だ。私の前に立てる男、平服とは云え、確かに軍人らしかった。いざ吾等の番に近よる。只今三人目の私だ。四人目が亀君だ。その寸間未だ舌が動かず、吸い込む煙草こそ私の友だ。今度は私の前の男だ。その寸間、気にしたのは、足が動くか、否かの念に一寸足を動かして見た。大丈夫だと安心した。

いや、私の番だ。兵卒が来る。私も男らしく、第一歩目に、宿主は兵卒に向かい話すに、この二人の日本人は商人で、近頃よりこの宿屋に宿って居ると兵卒に言うた。兵卒も二人の足から頭まで数秒間見て居た。兵卒云うに、然らば、後方に待って居れとの事だ。

忘するべからざる、この寸間の吾等の態度、何と想像出来得たか。筆を以て綴り能わず、夢中そのままでした。今迄死を前に持ちし悩み、未だ去らず、只吸いこむ煙草のみだ。兵卒は相変わらず一人又一人と連れ行く。而して、あの銃音私にひびかず、死より得た一生の喜びが全体に集中したからだ。

その後私は、だんだんと平時気に戻る。頭を上げ室内を見廻す。今迄人間で山を成した室も、今はあちこちに未だ家族等が淋しい彼等の顔色見れば可哀想でした。この一時間前まで四十人の男子、今やその数、算する程なく、残るは只五人でした。

依りてこの一時間以内で、弾のえじきとなった三十五名、今や帰らぬ永眠へ去り行ったのである。

その後、市中はごく静かで何の音さえ聞こえず。宿主も来られ話すに、外戸は平時の如き静かだから、皆様、自由に外戸へ遊びなさい。私も早速宿主に会い、吾等が助かった一生を厚く感謝して、戦跡見物へと外戸に向かった。

宿屋門前に広場が在る。その場所で山の如く積立てた死体が、恰も火山の如く吹き出す火炎も見た。彼等は、市街戦及び宿屋門前で殺された死体に相違なかった。

動物のやき肉は香ばしけれども、人間の焼き死体と思えば、胃腸が承諾せず、二人は足を早めて通り去った。

大通りの街を通り、ステーション迄行った。見たるは皆死体のみだ。見物人も人で山をなした。街上だ。自由に歩くに歩けず、私もその寸間思い出したのは、昨日迄吾等の天下でした。然るに今は敵の天下だ、と不安をいだきつつ宿屋へ帰る方へ向かった。すると、二、三人の子供等、二人を見て何か話よった。それを見た私は足を早め、人間と人間の間をくぐり、無事宿屋に着いた。

而して伊波君が見えない。その後、待ちに又待ち居るけれども帰ってこない。その晩私は夜中、その事を私の目的は、この市を逃げ出る事だ。而して伊波君が来ない。その夜の午前一時、例の伊波君も考え又考えたそのあげく、今夜四時出市する事に決めた。その夜の午前一時、例の伊波君も未だ帰らず。私も別に致し方なき立場だ。而して私は決した事は決して、寸間前、室の「カベ」に私が出市した事を書き置いて、午前四時、階段を下りつつ、冒険家は冒険の下に倒ると云う勇気で門外に出た。

外戸を見れば、未だ暗い。死体が倒れ居るは見える。又未明の静けさ、一羽の鳥の鳴き声すら聞こえず、私も四方八方へ目玉を光らせながら、身はかるく、足音させずに歩む。すると、一町前より馬の足音がする。しばらく立って見れば、何だ、二人の騎兵だ。ここで私も数秒間、立ち往生だ。逃げるに絶対だめだ。近所を見れば、三、四の死体が、頭や腹が太くなって、倒れ有るを見た。それを機会に、死体の側に顔を下向けして倒れた。二人の騎兵も吾等の側より通りながら、死体を数えながら通り越した。依りて私も一人の戦死者に数えられたのだ。夜はだんだんと明ける。私も頭を上げて、彼等を見た。後ろに向く様子はなかったから、彼の死体より、はなれた所に、私は又倒れ転んだ。

彼の二人の兵は行き去り私も早速とび起きた。余りの臭気に待てず、そこより歩き前に進んだ。市の郊外に番兵が居るに違いない事を思いつつ歩く。而して誰も居なかった。久しい間の大激戦の直後なれば、その機会なかったかも知らず、明けし今日は、晴天白々の好天候だ。私も無事郊外に着く。近所に目を廻せば、大勢な避難家族等がくると共に道連れ、共に話し合いして前に進む。途中思い浮かぶは、ロハス将軍の生死でした。多分戦死に違いない。而して又戦いつつ逃げ出たかも知らずの半信半疑でした。

愈々吾等一行も無事味方の或る町に着いた。早速、首都行き汽車に乗り込み無事着いた。着けば、何と、なつかしい印象を与え、恰も我が屋の如く親しみが益々深かりしめた。久しい間の苦、悩み、今更全身体に煩わすつかれこそ、精神的その者であるに違いない。

或る日、私は首都の街上を一人でぶらぶら歩いて居た。向こうから四、五人の将校連が来る。私は何気なく、今や過ぎ去らんとするせつな、私の手を握る。見たるは、主人ロハス将軍だ。御前戦死したかと思ったが、未だ生きて居るのかと、私をだき堅くしめた。私も余りの喜びに、少将をかるくいだき、あいさつした。私も貴方は確かに戦死なされたに違いない事を話した。少将云うに、御前金持って居るかと尋ねる。いいえ、何もない、と答えた。

連れの少尉に命じて、只今宿屋行って給料払うようにと云うたから、早速少尉と共に宿屋に行き、現金三百円の大金貰うた。

幸いに、私が悩める生活難も、そこで助かり、又相当有りし借金も全部支払い、残りで着物、はき物等買い求めた。

嗚呼、何と云う人生の世か。夢さえ語らぬ、あの偶然の出会いこそ天恵ここに厚く、又感謝して止まぬ次第であった。

然るに、その後一週間後に、当市各新聞第一面に大々的記事が有る。見れば、ロハス将軍、首都に近き或る地点に於いて戦死なされたと、細々将軍の歴史も記してあった。私も何回となく繰り返して読み記念の為、切抜いて置いた。

彼の勇将、最後まで勇戦に立てりの敗戦とは云え、そこには万事致し方なき勇死たればなり。

前述のサカテーカ市に於ける、行方不明となった伊波亀君、二十三ヶ年後首都に帰り、元気で居る事を別の人よりその知らせがあった。

私もその後、又冒険主義を以って、無銭旅行も実行し、敵と敵との間をくぐり遂に捕虜になったこと二週間と、さまざまな話が在るが、先ずここに略して止む。

私も早や十ヶ年と云う一昔、当国に於いて、何一つ得たのはない。只得たのは、九死より一生を得た天恵こそ感謝して止まず。而して、私の前途未だ大なる楽観性に宿る旺盛期だ。過ぎ去る歳月数うれば、早や一九一六年だ。故国も早や忘れ勝ちだ。通信取引その機会なく、只一封の手紙落手したのみだ。不幸にして、私の父様が死亡なされたとの報でした。

キューバ国に渡航す

時は一九一六年二月末、炭坑地帯より、キューバ国へ行かれる途中、首都へ来られたのが、私の旧友、大兼久安吉君と外二名でした。安吉君は、同村だけに、前より親しかった。依りて私も共にキューバに連れ行くと話された。私も喜びながら、出発の用意した。当時他国へ入国するに、旅券さえ有れば、たやすく入国出来得たのだ。

吾等も、ベラクルース港に着し、三日後、スペイン船の三等客となり、荒れしメキシコ湾の大波に酔いつつ三月中頃、キューバ国、ハバナ首都に無事上陸す。

上陸第一歩に「カルワザ」営業者に雇わる

ハバナ市上陸と共に、吾等は砂糖耕地に向かった。直ぐ仕事を求めた。当時欧州世界第一次大戦中だけに、当国名産砂糖は、古今未曾有の好況でした。依りて仕事は有り余る程あった。

然るに私には、その仕事適せず、友人、安吉君に話して、別に転居する事になった。その為、私に金十弗貸し呉れた。私はどこへ行くか、その目的はなかった。上陸後、未だ日は浅し、東西南北さえ知らず、故に第一初め、当国の地図の必要を感じ、早速一つ求めた。見ると、東端に位するサンチアゴ市へ行く事に決めた。手元に有る十弗より、汽車賃払った。残るは只一弗だ。淋しい私には、別に悩むと云う予感事はなかった。血気旺盛たる私には、未だ前途又有望でした。

乗りし汽車も、だんだんと東へ進む。眺める平地、山は見えず。而して一面に描く青葉の「キビ」こそ、不安に宿る私に与えた後日の楽観性でした。今迄平野を進みし汽車も、何時の間にか山林又山林へと進む。恰も山の国とおぼえさせた高山のみだ。

いよいよ汽車内の人々も、さわいで今にも下車する様子だ。私も彼等の真似して、手足を動かした。聞けば、今十分間でサンチアゴ市に到着するとの事だ。いよいよ無事サンチアゴ市に到着す。当市も州の首都。人口十万も在る当国第二の都会だ。

私は、ステーションの前の下宿屋に身は休ませた。初めに今日の食代と今夜の眠賃を払った。残るは、只明日の朝のコーヒー代のみだ。而して私は、明日生くる方法を考えた。宿主に会い、「このカミソリ」貴方に渡して置く。明日の食代及び眠賃と、金受取る迄助けて呉れと話した。宿主も承諾なされた。

明くる朝コーヒー飲む時、ステーション前で、一人の男が大勢な人々に汽車の切符を渡し居るを見た。即ちその人は、或る耕地に於ける砂糖キビ切りの受け持ちでした。

私も早速彼の男の前に行って、一つ下さいと願うた。すると彼の男は、私を足から頭まで見つけた後云うに、貴方、キビ切り知って居るかと尋ねる。はい、知って居ますと答えた。それなら、この次に連れて行くとの事だ。そこで私もがっくりした。私は今日一日生くる為、宿屋にカミソリを預けしに拘わらず、との思案に沈みつつ私は未だ彼の男の前にぼんやりして立って居た。

すると、五十才位の紳士、私の後方に立って二人の話を聞いて居た人らしかった。紳士の云うに貴方日本ですかと尋ねる。さようですすと答えた。いったい彼の男は、何と云うたのかと尋ねる。来る便で連れ行くと言った、と答えた。紳士云うに、貴方、仕事探して居るかと聞く。はい、仕事探して居ますと答えながら話した。実はこの三日前メキシコから来たばかりで、只今、向こうの下宿屋に宿って居ますが、明日から食べるに困る立場ですと、かくさず話した。紳士云うに、御心配無用だと。私を連れ宿屋に入り紳士は宿主と何か話しよった。

紳士云うに、吾等はこの市で一週間位滞在するから、その間、貴方もこの宿で食べたり眠たりせよ。且つ又小遣銭も無遠慮で使い遊んでとの話だ。その時の私の喜び、涙を飲み込んだ。嗚呼、ここに於いて人間の情、何と深からしめたのだ。

その後、宿主も私を呼んで、カミソリを戻した。又別に必要な事があったら、宿屋で全部払うからとの親切な注意が有った。

その後、私は紳士に向かい、何の仕事ですかと云う勇気はなかった。毎日の食眠に足る限り、私として万事後日を心配無用でした。

然るに、私に対する待遇そのものだ。それには不思議を感ぜずに止む得なかった。先ず、運は天に任かせと云う私の現在主義に任せた。

或る日、紳士も六、七名の男女を連れて私の宿屋に来られた。見れば、何か買い物した様子でした。三人の婦人等も相当な美人さんでした。紳士云うに、明日午前六時の汽車で出発するから、その時間迄そこに待って居れとの話でした。

明くる朝、愈々出発した。四時間後に或る製糖会社付近に着く。同時に或る農家に導かれ、そこで三日間いろいろと準備するを見て、初めて「カルワザ」営業の組織、明かくに知り得たのだ。

而して私には、「カルワザ」に関する事知らず、一体何の仕事を成させるかの疑問でした。今度は合せば男女十名だ。沢山な荷物を大きい荷車に積み込み農家を出た。一時間後、或る村に着いた。ここで紳士初めて私に語る。私は日本人「スモートリ」で、相手が来たら、この日本人と試合せよと云う意味だ。而して、広告を見れば、「今晩日本人スモートリと某民との試合がある」

その広告を見た私は、只、一笑してすました。

愈々今夜初めての開幕だ。見物人も席場、人で山をなした如くの好況だ。映ずる芸もなかなか上手だ。見物席場より送るかっさい、幕内をにぎやかして居る。然るに、だんだんと閉幕に近よる。而して席上より叫ぶ不平、次へ次へとつたわる。不満の大声、今や天幕も吹き飛ばさんとする大騒ぎだ。実は日本人スモートリが居ない、又試合がないとの理由だった。同時に、紳士は私を連れ出し、芸場に立ってあいさつした後、御客に話す。実は、吾等はこの日本人と試合する為、只今その人を待って居るが、しかし、未だ来ない。又別に何の知らせもない。今少しその相手を待つ外に道がない。万一の場合来ないならば、この次に来る時、必ず貴方等にごらんに供したいからと、詫びた。けれども見物人は、不平の態度であった。

その翌日吾等一行は、そこより引上げ、又別の製糖方面に向かって行った。私も途中、いろいろと紳士の行動を見、彼の振るまい、いたく感じ、彼の現在主義、又然りと、至る所に於いて、見物人をだますと云う不信用を所々に於いて蒔き込む種子こそ、将来如何なる結果を来せようか、私は最後迄見たかったのだ。

しかのみならず、名のりし日本人「スモートリ」の私、万一の場合、相手のクロンボー大男が来られたら、それを相手に、私は如何にして試合施せようか。沖縄の「カラテ」ならともあれ、当時の「スモー」試合は全然駄目であった。

依りて私もその後、紳士の側より、行方を暗ました。紳士に会って話し合う勇気がなく、只一報を以って詫び逃げ出したのだ。

その内容、次に記す。

親愛なる某氏

ラモン　ヤ山　自名

貴方は、世に迷う私を救い上げし、この上に無き御恩人なり。斯くに拘わらず、只今貴方の目を暗ました。小生涙をふきつつ何所へか行かん。ここに悪しからず、この乱筆を以って詫び、貴方の将来を祈り、忘するべからざる貴方の御厚意こそ、永遠に私の頭脳に宿り又刻むであろう。さようならば。

その後、所々に於いて聞くに、五、六ヶ月前、有名で全国に於いて、驚嘆させた日本人「コンデ　コマス」本名、前田氏、スモートリ、但し（街道に相違なくだ）至る所に於いて、勝利又勝利を得た。無論全島に於いて、彼の日本人、コンデ・コマ氏、知らざるのは居なかった様だ。

依りて、紳士もその最高の機会を利用成され、私にスモートリの兜を冠せた仮面こそ、理の当然と云うべき、紳士の計でした。

その後、紳士を後になし、逃げた私は、別に何の目的なく、野原の小道にさそわれつつ方向知らず、只見る草木、陰と日光に射しえるのみだ。前へ前へと進む。何所へか。登る坂道に熱帯の日光にやかれる皮膚は益々くろに変色するのみだ。且つ又つかれも益々感ずも、別に致し方なき、野犬の如しだ。

遥か向こうを一見すれば、二、三のえんとつ、空にそびえ、盛んに煙りを吹き出す。それを機会に見当なし行く。無事着すれば、「デリサ」と云う大きい製糖会社だ。

同時に、仕事を直ぐ貰うた。日給一弗二十五仙だ。但し、十二時間労働。食費差引未だ、貯金出来得た。ここで製糖が終わる迄働き、幾程かの貯金も有った。

私も今度は、ハバナ市に行く事にした。故に服飾やはき物を買い求め、他に劣らぬ一青年と身は飾り、或る下宿屋に身は休ませた。明日の午前六時の出発だ。大いに喜びながら買い求めし、新しき洋服、新しきはき物を着けると思えば、尚さら眠る夜も眠らずの勇気旺盛でした。

愈々仕度だ。新しいくつに手を伸ばせば、そのくつがない。私は大騒ぎだ。寝台下を見れば、一足の大きいどろぐつしかない。ここで私は正に冷水をあびせられた如くでした。情けない事だ。又新しい一足を求めたが、首都ハバナへ行けなかった。

ここに一寸旅行の注意。若し下宿屋に寝るなら決して共同室に眠るべからず。寝るとすれば、着たまま、又、はいたまま、一夜を明かす方が安全だ。

その後、くつ一足の祟りで、出市出来得ず、砂糖耕地を転々稼ぎ廻るのみだ。渡キューバ以来、早や一ヶ年と数ヶ月だ。当国全州をかけ廻る冒険家、未だ目は覚めず相より変わりなき私の冒険、何を語るであろうか。

時、一九一七年二月、同胞七、八名と共に、東部方に在る鉱山に行って働いた。ここで又メキシコ国の炭坑地帯を思わしめた。

当時、政治問題から生じた、或る一部の軍人反乱を起こし、その為東部方面、即ち吾等が働き居る鉱山に於いて静かならず。依りて鉱山主、北米人、日本人を集め、同所の所々を守らせて居た。或る夜、五人の日本人と、かんとく一人のスペイン人合せて六名だ。鉱山鉄道線の鉄橋を守って居た。朝未明、三十人の反軍に捕われ、彼等の陣地へ引っ張られたこともあるが、その話は、ここで止めます。何故たれば、私の前途急ぐ必要があるからだ。

同年の中頃、大兼久安吉君の援助により、私は首都に行った。当市で安い古き自動車買い求め、タクシイ業に励む。街道も完全に見習い、その後、家庭運転手として居る。家族の運転手もなかなか面白い仕事だ。給料も相当に払い、又日々の食事に何不足知らず、立派な室も在り、主人に信用を受くと、又増給もある。依りて私も初めて今の家庭に辛抱なし、正直で働いたのだ。その結果、相当な貯金に恵まれた。そこで冒険時代の借金の大額全部支払って一安心したのだ。

去り行く歳月も夢の間に過ぎるのみだ。自分の年も数えたくない。而して数うれば、早や三十代越す、淋しい気持だ。今迄に於ける私の冒険主義、その結果如何を初めて頭脳に照る。只一人で他国に在り、未来の身置きでした。

殊に海外に親なき、兄弟なき、親類なきこの身、恰もサハラ大陸に淋しく生え立つ一本の樹木に等しかった。

自然の地球上に自然の天候の四季、巡り巡りと戻る又帰る。然るに人類の四期、即ち、少、青、中、老の四期、一旦来れば、二度と帰らぬ。只過ぎ去るのみだ。依りて私も早や、青年代を越さんとする。中年を今や目前に現る。然るに現在、未だ一人淋しく、世に迷う独身の境遇、何と比較出来得よう。

故郷に在りてをや、斯く悩むに足らず、他国に於いて、殊に人種又異なる関係上、如何にして未来の賢母を選び求めようか。

殊に又私の生来遠慮深き拙者、尚さら婦人に対しての遠慮こそ天井無限でした。

私も相変わらず家庭に励み居るけれども、金儲けの目的にあらず、実は、恋人求めの目的に外ならずでした。

その為、一ヶ年間で、十四の家庭を転々して働いた。然れども、唯一人でも見当たらず。

北米ニューヨーク市に於ける初恋

時、一九二〇年の末だ。この新しい家庭に雇われる。丁度十四件目の家だ。愈々働く事にした。而して女中等は皆黒人種だ。見てがっかりした。然るに主人に於ける私に与える待遇、恰も我が子を愛する如しだ。

私の望むは、只適当な婦人のみだと、思案に又思案と共に励むのみだ。日を去るに従い、家族方で益々信用して呉れ、私も今の家を振り出て行く事、私の良心が許さなかった。

依りて私も不動の態勢で辛抱した。或る日、主人が云うに、来る夏に家族と共に北米に暑中休暇に行く事を聞く。私も大いに喜び、益々励み、その時期を待った。明けた二十一年の五月頃より、北米行き旅行準備に取りかかり、容易く米国行旅券を貰うた。

愈々五月末に家族と共に北米向け出発した。到着地点カナダ国境で、楽しく遊び、文明国たるその印象、至る所で皆閉口するのみだ。今や暑気休暇も終わりを告げんとす。

私もその機会を利用し、主人に話して、今の家を出て、一人で又自由の身となった。

当時、相当に有りし貯金を頼りに、遂にニューヨーク市へと行った。見たる世界第一の大都会。何と想像して話せようか。至る所で閉口するのみだ。殊に婦人等の新流行の体勢こそ、うらやましかった。私も、ややニューヨーク市を見物したあげく感ずは、私の服飾でした。依りて第一初め、頭から足までの仕度だ。それで、他に劣らぬ紳士の側面を飾った。当市到着後の服飾には余り旧式で、身体が縮まる様でした。今は全身包まる新流行、他に負けぬ私の体勢だ。

或る日、私は飲食店の前を通る。中を見れば五、六人の婦人等が居る。私も或る紳士の如く、食卓に席を取る。早速、一人の美人さんが来られ、何か云う。私も飲みたくないコーヒー一皿注文した。美人さんもなかなか丁寧であった。消費せしは少々十五仙だ。しかし私は五十仙、食卓上に置いて、一言なしに出て行った。

その日の晩も今朝取りし食卓に席を取る。同時に又同じ美人さんだ。今度は、尚さら親切だ。ニコニコと見せる美顔、今や話かける様であった。その機会に私も話したい。しかし未だ早時と我慢した。紳士の仮面を被る私、大食は取らず、費やすは只四十仙でした。而して一弗呉れた。残りは貴方にと、一言して出て行った。

その二日後、話も自由に恰も旧友の有り様だ。又相手の事情を知れば、彼女は、マークメーリー婦で、国は昔の英領アイラン島人だ。私もラモン・ヤマ・自名、キューバ国在の日本人と話した。

その後、私も毎朝毎晩、美人さんの所へ行き、益々親しむ。無論私には未だ、ふところも福々と自由に使えた。

人生、初めての私、男女の友交に甘んず。両方も日に増し、仲良く、夜は映画及び夜遊びだ。天下は私が支配する様であった。

殊に、夜の街上、手と手と巻き相して歩む。何と楽しい世であるかを感んず事こそ、永遠にであろうを喜ぶ。

やや一ヶ月も一日の如く続く。私も夢中そのままだ。月日立つも知らず。只知り得たのは、私のふところだ。日に増し、へるのみだ。一日十ペン位の勘定だ。只一日越せば、又へるのみだ。ここで情けない。泣くにも涙が出ないと云う立場である。働けば仕事は沢山有る。而して今迄紳士の生活より、いざ、飲食店の皿洗いとは、親しい私の美婦人に対して、御気の毒千万でした。

私も已むを得ず、あの印象深き市、彼の可哀想な美人を後に残し、二度と会わぬ彼の美人こそ、果たして、現在如何ん。私も第二の故郷キューバに帰り来たのである。

国境越せし恋、万難一除し、独乙人と結婚す

キューバ国到着後、直ぐ仕事得た。幸いに在キューバ独乙公使館よりの通知で、早速行って、その公使に会い話した。公使も喜んで私を迎えた。給料も承諾した。時、一九二一年十一月中頃で、十二月一日より就業する約束で、喜びながらその日を待って居った。

十二月一日、公使の家庭に入る。朝コーヒー飲むに女中の案内で女中等の食堂に導かれ、見

るに、コック婦人三十六才、女中二十六才だ。

恋に焦がれる私の目から、女中なかなか美人さんだ。頭に飾る金髪、青き目の玉、リンゴの如き紅顔色こそ、私にガタガタ震わせた。しかし話せば、一言も通じ得なかった。幸いにして、コック婦人さんの英語で幾らか相手の事情も知り得た。

吾等三人食卓を前に、飲むコーヒーの味さえ感ぜず、私はひたすら彼の女中に思いを集中したからだ。又女中が私に対する行動立派に知り得た。「確かに私に愛が有るを認めた」又彼女も斯く思うたに相違なかった。

聞けば、第一次世界大戦後、初の在キューバ独乙公使館設立し、故に二人の女中二ヶ年の契約で連れ来たのだ。

私も女中の近所に立派な室を貰った。十二月十四日、私の生れし日を忘れずに知らせ置いた。

言語に通ぜぬ二人の間柄も心に任せながら、日に増し深くなるのみだ。今や、恋の正門を叩かんとする私。必ず門内に待ち焦がれる美の婦女、未来を夢見て待ちたらん、を相違なかった。

私に忘れ勝ちの十二月十四日の晩だ。隣の女中等の室より、ごく静かで叩く音と共に、向こう側から静かに戸が開かれた。同時に二人は、手真似しつつ入れ入れと云う。私も偶然とは云え、喜びに満ち、彼等の室にごく静かに入り、通ぜぬ話も心の通じのみで沢山でした。書きし五、六の英語で、その意味立派に解した。今夜、私の生れ日だから、小さなハンカチを貰うた。それに又、少々の菓子とお茶が用意してあった。私も夢の如くでした。生れて初めて三十二歳を祝せし印象こそ、未来の立派な私の賢母、エリザベツ女であった。

その後と云えども、二人の恋、水も漏れぬ大秘密に納めつつ働いた。公使家庭には、公使夫妻、三人の娘、女教博士一人、信用婦看護人、及び女中二人、合せて八名でした。だんだんと日去るに従い、家族等は私に対す待遇この上になき好待遇だった。殊に女中等にも、斯く命じての注意あったらしい。又公使は度々家庭食堂に於いて、日本人運転手の事を大いに賞賛して、自慢振りで話して居たようだ。

そこが未だ、吾等の恋知らざる前だった。

不幸にして、吾等の恋、六ヶ月後、遂に知られた。ここに於いて、私は、風に耳在りし為、その罪は風にかぶせたのだ。

一旦、二人の恋知れし後の彼等の態度、何と比較出来得たか。恰も今にも天が崩れ来る如くの大騒ぎだ。

殊に恋人、エリザベツも色を青ざめて云うに、二人の恋知られたから、早くこの家を出て行け。二人は相より変わらず、恋と恋とを結び置くから、二ヶ年後、必ず結べる恋、只結婚のみだと。悲憤の涙を吸いつつ暖かき別れのせっぷん禁じ得ず、又一種の悲劇に打たれつつ今の内より振り出たのだ。

やや六ヶ月間、一家内で共に稼ぎ、共に食し、共に愛し、相交わった、私の唯一の恋人、今や別れ別れと離れたとは云え、二人は益々強く堅く、恰も不動大石の如くであろう。

その後、二日目、彼女を見たく、夜を利用して会い、通ぜぬ話も立派に心のみに通じさせた。

或る日、公使夫婦は、エリザベツを呼び出し、いろいろ話し云うに、御前あの日本人と結婚やる積もりかと、尋ねる。はい、やりますと答う。それなら、御前は、未だ日本人の習慣を知らない。もし御前が日本人と結婚すれば、御前の夫に食わす為、御前が外戸へ行き働く義務がある。しかのみならず、御前は、故郷に居られる親兄弟も訪問、絶対に出来ない。且つ又人種の関係上、北米にも入国出来得ない。御前の行く所は、只東洋の日本のみだ。よりて御前の後日の為、早く二人の恋切って別れよと云う。嘘八百の猜言だ。

ここで彼の女子の態度果たして、何れを取るかと云う悩み、さぞ。

「従わんと欲すれば、恋ならず」の立場。

又、独乙国に居られる両親へも、嘘八百の筆術飾り一報。無論、公使に順ずる外に道がなかったのだ。

その後も相変わらず、私は暗き夜を利用し面会に行った。見れば、日増し色は青ざめ、只痩せるのみだ。而して吾等の恋、変わりなきとはいえ、エリザベツに対しこの上無き、可哀想たるをつくづく考え得ざるを禁じ得なかったのだ。

女中等も日曜日毎に午後からの自由の時間があった。私は必ずその日を利用して二人連れ出し遊び、又必ず一食を共になし、慰めて居た。

その後と云えども、公使の方では、益々反対だ。然れども、エリザベツは断固として聞き入れず、流石の公使も遂に失敗に帰した。今度は私その者に反対運動試みる。

実は私の身柄調べだ。私の事情を知る為、在キューバ日本領事館に行ったようだ。又私の働き所に行って、又然りと東歩西歩なし、私の疑いを摑むに、これ又失敗に帰す。のみならず、最後の手段として、私に一報の手紙送る。その内容左に記す。

公使　某博士

ラモン　ヤマ　様

一九二二年八月一日

私は故国独乙に居られる、エリザベツ両親より手紙受け取った。依りて、両親は、あなたとエリザベツとの結婚認めず。二ヶ年後、私が故郷に連れ帰る責任があるから、今後貴方は、彼女を訪問なすな。且つ又手紙も送らない様、御知らせます。殊に、彼は或る病に悩まされ、日に増し弱体になるのみだから、一日も早く二人別れる様御知らせます。

右の返事、その翌日に発す。

公使閣下

ラモン　ヤマ

一九二二年八月二日

貴方のお手紙受取りました。依れば、貴方は、私の恋人を訪問やるな、又手紙も送るなと、我儘の事を言われますが、然るに私は、必要の場合、何時に限らず、訪問に行く。又然りと手紙も堂々と差し出します。何故たらば、私の唯一の恋たればなり。

閣下よ、貴方は他人の恋愛中に無意義に余り深入りやりすぎた。

若しか、貴方は一国の代表の地位に在られる閣下の義務を尽くさば貴国万民の為のみならず、貴方一身上に来す、幸福こそ賢明たる方策にあらざらんか。

閣下よ、ここに又一言するに、エリザベツは決して或る病人に有らず。彼は至極健康上勝る。然るに近来、弱体になりつつあるは、無情の貴方が、一種のどれい的待遇に一因するに外ならん。

斯くに拘らず、吾等の恋は、日に増し愛し、親しむ、黄、白、人種合同、二人の恋、ややもすれば、独乙前帝カイゼルより、より以上の強き恋こそ、ここに存するからだ。

黄白人種

二つの魂の印

一九二四年三月二日　結婚す

吾等今回の恋は一代に関する重大問題、しかのみならず、次代、又次代に続くに関する限り、ここに二人は、断乎と曇る前途、その妨害物の万難、物ともせず排除し、朝日の輝く如き、吾等の恋、天降に恵まれ、遂に天命の印、胸に堅く刻みつつ、あの忘るべからず、一九二四年三月二日、晴れ渡る天候の下に、二つの魂一つに固め、又堅く結び、幸運への路、導線上に乗り込まん。

嗚呼、他国に於ける女子の小心に拘わらず、国境越せし恋、又言語通ぜぬ不自由、それに重ね来る恋の妨害物、その結果、無論来すは心身に及ぼす一因こそ、弱体免れ得ず。殊に吾等結婚当時、彼女の姿、見るも哀れ（写真参照）二、三年前の彼女に有らず、残るは、只、骨と皮膚のみでした。只内部に飾る真正な魂のみでした。

吾等の恋に反対せし行動その理由

前述の公使家族、吾等の恋に反対せし理由、決して人種問題にあらず。又人情問題でもなかった。実は利害関係から生じた一種の誤りに外ならず。

当時、女中は二ヶ年の契約。その給料、独乙貨のマークにて払った。而して、当国の市場に於ける相場に算すれば、只二弗のみでした。若し私と恋をやれば、二ヶ年前、私が連れ出し行くを想像した。万一私が連れ出し行くとせば、家族の方で、又一人女中を雇う必要がある。雇うとすれば、一ヶ月給料、少なくとも三十弗だ。故に斯くの如き毎月の大差から発生した結果こそ、吾等二人を無意義に悩ましめた事は、先ず一笑に伏した次第だ。

殊に、結婚式の夜、公使の娘三名、花を持って御寺まで来られた。御寺での式場の用意は、

1924年3月2日、エリザベッツと結婚

公使の女教博士がいろいろと御面倒なして呉れた。

結婚後と云えども、一時的、公使の家に住んだ。その後、別に小さき室を借り住んだ時でも、公使家族、度々訪問に来られ、御茶を喫しつつ、話し合いした。殊に又吾等の初めての産児後、立派な記念物を貰うた。

公使が外交館より引上げ、故国に御帰りになったと云え、度々音信に接した。博士は第二次世界大戦中亡くなられた。

残る婦妻、終戦後、三人の娘等を訪問に来られた。娘等も北米及び当国に於いて嫁入りして居る関係上、度々来られた。その時には必ず、吾等の家に贈り物を持って訪問に来られたのだ。婦妻様も今年、高令八十四才で亡くなられたと聞く。依りて、前述の反対、その祟りは、只、利害関係に外ならなかったのみだ。

その後、吾等新婚とは云え、私が働き居る家族で共に稼ぐ。家族と共に北米に暑気休暇に連れられ行った。その当時、恰も新婚旅行を思わしめた。楽しい暑気休暇も終わりを告げ、恋しいキューバ島へ帰り、間もなく、吾等の第二世女、無事安産に恵まれたのが、名乗るマリ子女児だ。

その後は、吾等、未来を鑑み、遂に今の家より出て行ったのだ。

大暴風雨後の静けさの如き一家

烈しい暴風に吹き飛ばされんとした二人、今や暗夜の静けさの如くの家庭に生くる第二世女を前に、一つに二つに守り育つ未来、又鑑むるの任、ここに独立独歩、事は、小とは云え、或る営業に決し始めたのである。

その後の二人、夜か昼かの差別なく、血眼になって辛抱に又辛抱、その結果、前途益々有望でした。

だんだんとマリ子も成長す。数うる年も早や四才だ。その当時、少々の貯金に恵まれ、それを好機に、二人の最愛、彼の故郷独乙ベルリン市親元へ訪問にやった。そこが公使家族に対する私の無言の返答でした。

依りて六ヶ月間、彼の故郷に居られる親兄弟等と遊び、親しく楽しみを共にせしは、私に於いて、それ以上に無き喜びでした。

愈々帰国だ。見たる彼等は、益々健康上に勝り、ややもすれば、昔日の恋愛時代の姿、その儘でした。四才半になったマリ子もごく元気だ。只一時的困りたるは、言語通ぜぬ独乙語のみでした。

彼等帰宅後の家庭、益々幸運に恵まれた。

マリ子は、在キューバ独乙学校に学び、学績他に劣らぬ学生だ。又家内に在りての妻も、他を愛する主義を以って施す交際、千人一敵なしの性質、真の家庭婦人である。彼等に負けぬ私も前途を鑑み、ひたすら励むのみだ。

吾が家庭の習慣とし、毎土曜日夜は必ず映画見物、日曜日の午後から海水場、或るいは友人訪問、夜は必ず外で一食を共に楽しむのが一週間の遊楽の生活状態でした。

だんだんと日増すに従い、吾等も在キューバ独乙人社会と交際なし、又団体的にも独乙人会員となり、交わりきたのだ。

依りて、吾等日独家庭、小さきとは云え、独乙社会より見たる吾等、実に信用を受けたのである。依りて今尚、吾等知らざる独乙人いない位だ。

その後と云えども、吾等の営業益々好況だ。営業種は、日本の花むしろ、ござにて製した自動車内の敷物だ。戦前まで日本より相当に輸入し好況でした。

時、一九三六年ベルリンオリンピック大会を利用なし、第二回目の故国訪問にやった。マリ子も成長成し、数う年十二才だ。依りて見学上好機会でした。八ヶ月間故国親兄弟等と共に楽しみ交わって来た二人は、大いに満足で帰宅した。

殊に第一回目、故国訪問後の帰りには、私一人で出迎えに行った。而して第二回目訪問の帰宅には、独乙人家族連れが出迎えに行ったのが、五十人下らなかったのだ。依りて如何に吾等日独家庭、愛せられたかは、ここに立証して止まぬ次第だ。

帰宅後の二人は、私に対し、有難さの色を飾り、云うに、この次のオリンピック大会、即ち、一九四〇年東京に於いて大会開くから、その時は三人共に、その見物及び私の家族訪問に行く事を相談だ。私も大いに喜びながら、時期未だ早しとは云え、或る程度の下準備怠らず居た。

然るに、一九三八年の末から欧州の空はだんだんと曇るのみでした。三九年、四〇年、欧州の空は銃砲の音、空に一羽の鳥類さえ飛び得なかった天下でした。明ける四一年の末、遂に世界大戦と化した。無論、吾等日独の家庭、敵国に於き、存在、何と比較出来得たか。

殊に、マリ子も米国、或る大学に学ぶ為に入学試験に及第、愈々入学ときた。然るに来るは当国の官憲だ。同時に学室より引っ張られ、母親と共に収容、入獄する事、二年と六ヶ月でした。私も当国の官憲に身を渡し、三ヶ年と九ヶ月間、男子の収容所に於いて日を暮らし、その為、静かな幸福の日独家庭、遂に一朝一夕にして散り去られたのである。

その後、家庭再度建設に乗り込みたるも、その後、吾等、別に悲観する要はなく、益々未来への再建設を望み、東歩西歩の途を取りたれども、終戦後とは云え、未だ敵国人指の色は除かず。ここに於いて、吾等、思う通りならず、それに、重ね来る年も早、老と云う弱みが宿る限り、精神的に及ぼすその影響果たして如何ん。

然れども、吾等は別に不自由は感ぜず、只三人の健康上万端の注意注ぎつつ、前途楽観性に導かれ待ちかまえる。

然るに、マリ子もだんだんと成長し、今や結婚時期の春だ。幸いにして、彼が収容時代知り合いになった警官と仲良くなり、六年前、彼と結婚す。幸運に恵まれ、現在二人の愛女子家庭を賑やかしつつある。マリ子も現在、在キューバ独乙大使館に務む。彼の夫は、ハバナ市、バス会社の重役人で、又個人的に同会社に株主であるから前途有望だ。

隠居の正門に立ちて

吾等二人も、だんだんと老いる年も禁じ得ず、私の愛妻、今や人生五十年より越せし十三歳、何と数うは六十三歳を迎えんとす。私も数うれば七十歳だ。然るに二人は天降に恵まれ、未だ中年時代に劣らぬ至極健康に勝る現在だ。而して青年時代の恋こそ消え去れども、来る老年の恋、益々親しむのみだ。

況んや、余生又然らしむの感受性、又未来を語るのだ。

依りて、二人、幾程老いが来たれども、決して未来を悲観せず。何故たらば、吾等老いの疲れは吾が子に在りと云う自然の親子の情、ここに存するからだ。

第二世夫婦は、一ヶ年前まで、朝から晩まで女中二人に家を任せ、愛女又然りと守らせて居たのだ。依りて、夫婦は外戸に於いて務め居る限り、無論来すは家に残る二人の愛子女に対する不安抱くは理の当然でした。

然るに、今は、吾等二人の老人、彼等の家に在り、従業者を守り、又守り居る第三世又吾が子の如く守り遊ばし、且つ又家庭内の整理なしつつ、家庭保護の任に当たる状態だ。依りて第二世夫婦、今は家庭に対し、万事心配無用だ。

殊に老いる吾等も、愛する第三世等を前になし、共に遊び、共に楽しく暮らすは、後を顧みても、真の享楽味わいし事、皆無だ。依りて、幾程老いせしとは云え、未だ世に対する一種の老いの廃物に在らず。

然るに、吾等の現在を説けば、決して、物質的に恵まれ、或いは又健康上より見慣れた老いの隠居に有らず。実は家庭相互の便宜上に関する事に一因するに止まず。

然るに、吾等老人、今や隠居の仮面かぶり、その門前に立つとは云え、この七十の白髪を飾り、再び世に立ち活働の念、只待つは、その機会のみだ。

ここに終わりを告げ綴るに、国境越せし恋、万難断固として排除なし、築きし一家庭、実は、民殖発展の理想的を世に与え、満腹の幸福を担い他日立ち去らんとする美の天下に宿る美の世に有難さを謝し笑顔こそ、いざ去らんと相違無きしもあらず。


「来たれ海外へ」

現在遠き海外に在る私、故国働者諸兄に向かい、一声放ちて止まぬ。来たれ海外に、の一句である。

然るに私は、今日の日本知らず、然れども、ここに望んでの認識に照らさば、「人口増えり、国土増えず」の一句、又諸兄の常識に任かす。諸兄に於いて速やかにその認識照る事こそ疑わず。

依りて、来たれ海外に、国境越せば、人種又異なるとは云え、人情決して異ならず。人種異なるに拘わらず、その人質さえ、認められれば、反って異人種に同情深からすデモクラシイ、天下に宿る自由国たればなり。

諸兄よ、眺めよ、遠き海洋、人口薄き大国土に無限な広大な平野、無限な山林、笑顔を飾り、待つ。故国正直な労働者諸兄を大歓迎以て待ち迎わん。

同時に故国国体を担う政治家、外交を以て策す術も、近き将来を鑑む国交相和すの計、疑わず。

同時に海外出稼ぎ者に対し、最上の便宜、又然るに相違ない。依りて同胞諸兄よ、早く来たれ海外に。さも無くんば近々将来せまき国土に於ける生存競争、ややもすれば、生存闘争の恐ろしい実現性無きに然らず。

不肖私、ここに五十有余年の海外生活、別に故国に対しつくせるは、皆無だ。然るに故国民に対し、一日一合の米を節約したのだ。ここに五十二ヶ年の貢米を算すれば、幾程ぞや。且つ又、海外に大和民族の種蒔き殖すも、理想的未来への諸兄等に与える、同種たる同情者なればなり。

依りて「来たれ海外に」数千里の空より叫ぶこの大声!


「キューバ国と日本人」

キューバ国独立後、未だ日浅く、数う五十八ヶ年の幼年国だ。人口やや六百二十八万人に近い。人種、黒、白より成り、黒人はその三分の一位だ。政権、白人種に依り支配なす。人種差別なく同権だ。外国人移住者三十万人、その半数市民権有す。

当国の物産、世界を左右するに白糖。その次に煙草。その他、沢山の物産輸出す。殊に昨年度、但し五十七年、総輸出額、実に八億一千二百万弗の大額だ。その四分の三が白糖及び同種類より製した品物だ。輸入高六、七千万弗也。

当国は熱帯に恵まれ、その天候四季を通じ、恰も春を思わす天然自然の美の国である。国法も他の国に劣らぬ、厳正な法律存す。然れども有力人物、且つ又有金力者に左右され、なかなか面白い自由の国だ。

依りて、現在全国に於ける犯罪人、数千人に及ぶ。然して、上流社会の人物皆無だ。ここに於いて立派に立証す。当国の法律は、只持たぬ階級のみの法律だ、を思わせる。

労働者界を見れば、現在、労働者の世だ。（但しキューバ人に限る）全国百万の労働者、その組織の下に給料及び時間の如きも政府の方で一定なし、一週間四十八時間労働、給料も毎月最下八十五弗、最高二百弗位だ。斯くに拘わらず、時々、一週四十時間に縮める運動の太鼓の音が聞こゆる。依りて近き将来、その実現性無きとも云えない。無論、生活状態も一変し、物価も日に増し騰貴するのみだ。

現在当国も、天井無限の旺盛時代だ。空に聳える建物。幅に広がる建設等、無限の拡張振りだ。

市民もなかなか面白い性質な人種だ。彼等は貯蓄心に乏しい。然れども、大いに美を望む。即ち第一、身を飾り、第二、住家を飾り、第三、家具を飾り、次に常食を取ると云う順番だ。其処もなかなか面白い民族性である。

当国に於ける経済界、四十年前、百万長者ごく少数の十の指に数うに足らず、而して今日、数百を数う百万長者が居る。四ヶ年毎の政変に於ける政治家、一朝一夕に於いて続出する百万長者、少なくとも十四、五人に及ぶ。そこは事実だ。依りて政治家はその夢を貪り、いざ選挙ときたら血眼になり、一生懸命の命がけだ。

今回の内乱も決して愛国心から生じた事に在らず、実は宿せる野望に外ならん。現政府決して彼等の宣伝の如くの独裁政治にあらず。実は、真のデモクラシイの国家だ。数百の無職人を集め、只山林に隠れ、時々好機に乗じ山林近くに住む貧民を苦しめ居る位だ。依りて国民よりの同情者、ごく少数だ。最後に帰すは、只天敵に外ならん。

ここに吾等在キューバ同胞を語るに、今日第一世ごく少数だ。然れども、増え行く第二世、第三世同胞、社会を賑やかし、誠に頼もしい現在だ。同胞の職業種々。農、商、漁、庭師及び床屋だ。それぞれ各方面に於いて発展なし、又成しつつ在る。殊に当国に於ける同胞に対する待遇、最高上だ。実は、正直及び責任を重んず国民性たるに因す。依りて至る所に於いて同胞に限り、引っ張り凧だ。又近き将来、第二世等も相当な地位に於いてその人物続出するに相違ない。

殊に故国外交家の計策、近頃より、在キューバ大使館設置の如きは、正に在留同胞に於いて、この上に無く頼もしい。故国日本旗の下に永住の安らぎを与えし事は、益々民族発展へ進むのみだ。

しかのみならず、両国の貿易上、益々重大たればなり。

依りて故国外交家、将来を鑑む両国の国交の鍵早や結べけり。そこに蒔きし種子、他日か、早かれ遅かれ、必ずその実現性に見舞うに相違ない。

最後に、在キューバ同胞、故国外交家に、厚く感謝の意を表し、ここに築くは大和民族の第二の故郷こそ永遠に存在か！

あとがき

上野英信が一九八七年一一月に亡くなってから、二〇一九年は三三回忌に当たる。沖縄でいう「ウワイスーコー」（終わりの法要）である。それにちなんだ幾つかの記念行事が名護市博物館と同記念事業実行委員会（代表・我部政男）の共催で行われた。

一つはゆかりの地の名護市立博物館で同館主催の「上野英信展」が一一月一五日から九日間開かれた。一七日には「『眉屋私記』を歩く」文学散策が屋部集落を中心に行われた。

那覇市では二二日に栄町のひめゆりピースホールで「記念講演会」が持たれた。名護市にある名桜《めいおう》大学では同大主催による仲程昌徳の「上野英信と『眉屋私記』」の記念講演も行われた。さらに展示会の最終日には、屋部公民館で「しのぶ集い」が開かれ、大勢の区民が参加した。

その日の夕方には、上野英信、晴子夫人の散骨が屋部の浜で、子息の朱夫妻参加のもと行

屋部の浜で行われた上野英信・晴子夫人の散骨（2019 年 11 月 22 日）

われた。上野の霊は、この屋部の浜から遠くキューバまでたどり着くであろう。

名護の展示会の前日、私は眉屋の婿である比嘉久から、アメリカのマイアミで山入端萬栄の一人娘マリア・ヤマノハさんが亡くなった、との知らせを受けた。享年九四。マリアの長女エリザベッツからメールがあったという。私は縁起をかつぐ性質ではないが、それにしても上野の三三回忌に合わせてマリアが旅立ったことに、何か因縁めいたものを感じざるを得なかった。

杳として行方の知れなかったマリアたちが、沖縄の地にその姿を現したのは、上野の一周忌の集いが那覇で営まれていたときであった。叶わなかったキューバ取材で、あれほど探し求めていたマリアを、上野が招き寄せたのでは、とその時そんな気さえしたものだ。今回もまた、上野がマリアを天国に招いたに違いない。

展示会場には、関心ある人たちが次々と訪れ、詳しい年表や著作を手にしながら、熱心に見入っていた。会場に展示されたマリアの写真には、急きょ黒いリボンが掛けられた。

那覇で行われた「講演会」でも、さまざまな人たちがそれぞれの思いを語り合った。福岡から参加した朱や近代文学研究者の松下博文《まつしたひろふみ》が、沖縄への思いを重ねて話をした。会場のピースホールは、山入端ツルが住んでいた家の近くにある。かつて上野が取材の後、よく足を運んでいた泡盛酒場の「うりずん」や、ツルの義理の姪が経営していたスナック「ボナンザ」のあった辺りである。

最終日に屋部公民館で行われた「しのぶ集い」では、屋部出身で沖縄県立博物館館長なども務めた宜保栄治郎《ぎぼえいじろう》があいさつの中で『眉屋私記』の文学碑建立を提案した。それを大濱敏《おおはまとし》秀《ひで》屋部区長が引きとって、会場の参加者にその実現を約束。また近くの屋部中学校で教師をしている眉屋の比嘉ゆり子が、生徒の書いた作文を紹介。内容は『眉屋私記』のストーリーを知り、これからも自分たちの歴史を学んでいきたい、というものであった。単に過去のことこしてではなく、未来に向けて取り組む姿勢に心打たれた。

このような『眉屋私記』の新たな展開を受けて、これまで関わりのあった者として、この先、何かお手伝いができないかと思い立ったのが、本書の出版である。とはいえ、これまで折に触れ雑誌などの依頼で書いてきたものだけに、個々には重複も多く、後ろめたさがないでもない。それでも何らかのご参考になればという気持から、あえて上梓した。読者のご寛容を乞う次第である。

本書のトピックは、上野が『眉屋私記』を書くときの参考とした山入端萬栄の手記「在外五十有余年ノ後ヲ顧リミテ」を、今回初めて収録できたことである。同手記は現在、名護市立博物館に収蔵されており、同館の協力を得た。手記は漢字まじりのカタカナで書かれているが、広く読んでいただけるようカタカナ部分をひらがな表記とした。その作業は名護市教育委員会文化課長・比嘉久氏の手を煩わせた。

文学碑建立期成会会長の大濱敏秀屋部区長はじめ役員諸氏が、本書出版に理解を示され、後押ししてくれた。また、上野存命中から交流があり、没後に追悼文集『上野英信と沖縄』を編集出版した島袋捷子さんが、企画当初から協力してくれたのもありがたかった。東京から上野英信三三回忌に参加された写真家の大石芳野《おおいしよしの》さんは、写真を提供してくれた。
本書の刊行にあたっては、一葉社の和田悌二氏と大道万里子《おおみちまりこ》さんのお世話になった。和田氏と大道さんは、かつて松本昌次《まつもとまさつぐ》氏（影書房前代表）に編集者として感化を受けたという。松本氏は未來社在籍中、上野英信の『親と子の夜』（一九五九年）、『日本陥没期』（一九六一年）などを手掛けている。氏は昨年逝去されたが、一葉社から『戦後文学と編集者』（一九九四年）などの著作が相次いで出版された。いずれにも上野英信が登場する。これも何かのご縁であろうか。本書が一葉社から世に送りだされることをうれしく思う。あわせて同社をご紹介くださったうえに校正まで手伝ってくださった元日本経済評論社の宮野芳一《みやのほういち》氏と同社前代表の栗原哲也《くりはらてつや》氏にも、お礼を申し上げたい。

二〇二〇年五月

三木　健

初出一覧

渡波屋から世界へ（書き下ろし）
上野英信と沖縄（福岡市文学館企画「上野英信展」図録、二〇一七年）
通底する筑豊と沖縄（原題「上野英信と沖縄」、『上野英信集3』月報、径書房、一九八五年）
上野英信が遺したもの（『新沖縄文学』七五号、沖縄タイムス社、一九八八年）
「筑豊文庫」を支えた上野晴子（原題「上野晴子さんのこと」に加筆、『沖縄ひと紀行』ニライ社、一九九八年）
『眉屋私記』取材同行記（原題「『眉屋私記』取材同行覚書」、追悼文集『上野英信と沖縄』ニライ社、一九八八年）
炭鉱移民と辻売りで紡ぐ民衆史（『眉屋私記』解題、海鳥社、二〇一四年）
『眉屋私記』のヒロイン・山入端ツルのこと（原題「近代沖縄女の生きざま」、山入端つる『三味線放浪記』解題、ニライ社、一九九六年）
出版とその後（原題「『眉屋私記』取材同行覚書」後半部分、追悼文集『上野英信と沖縄』ニライ社、一九八八年）
『眉屋私記』をめぐる人々（同人誌『脈』一〇〇号、特集「上野英信と筑豊・沖縄」二〇一九年二月）

三木　健（みき・たけし）
1940年、沖縄県石垣島生まれ。58年、沖縄県立八重山高等学校卒。65年、明治大学政経学部卒。同年琉球新報社入社。東京支社、本社政経部、文化部、編集局長、論説副委員長、専務取締役、副社長を経て2006年退職。沖縄・ニューカレドニア友好協会顧問、世界のウチナーンチュセンター設置支援委員会共同代表。『眉屋私記』文学碑建立委員会委員。
主な著書に、『八重山近代民衆史』『聞書・西表炭坑』（三一書房）、『沖縄・西表炭坑史』『ドキュメント・沖縄返還交渉』（日本経済評論社）、『西表炭坑資料集成』（本邦書籍）、『西表炭坑写真集』『八重山研究の人々』『沖縄ひと紀行』（ニライ社）、『オキネシア文化論』（海風社）、『宮良長包の世界』『八重山を読む』（南山舎）、『空白の移民史—ニューカレドニアと沖縄—』（シネマ沖縄）などがある。

眉《まゆ》の清《ちゅ》らさぞ神《かみ》の島《しま》
——上野英信の沖縄

2020年8月1日 初版第1刷発行
定価　1800円＋税

著　　　者　三木　健

発　行　者　和田悌二
発　行　所　株式会社　一葉社
〒114-0024　東京都北区西ケ原1-46-19-101
電話03-3949-3492 ／ FAX 03-3949-3497
E-mail : ichiyosha@ybb.ne.jp
URL : https://ichiyosha.jimdo.com
振替00140-4-81176
装　丁　者　松谷　剛
印刷・製本所　モリモト印刷株式会社

ISBN978-4-87196-080-9